秋冬

掌篇歳時記

講談社

掌篇歳時記　秋冬　目次

装幀・装画　鈴木千佳子
監修　白井明大

夏至《げし》

一年で最も昼が長く、夜が短い頃。

西村賢太

乃東枯《なつかれくさかるる》

靫草《うつぼぐさ》（夏枯草《かこそう》）が枯れたように見える候。

六月二十二日から二十六日頃。

❖菖蒲華《あやめはなさく》

菖蒲が花を咲かせる候。

六月二十七日から七月一日頃。

❖半夏生《はんげしょうず》

半夏《からすびしゃく》が生え始める候。

七月二日から六日頃。

西村賢太

にしむら・けんた

一九六七年東京都生まれ。

万年筆のキャップを締めた渠《かれ》は微かな安堵と仄かな達成感を覚えつつ、何がなし一つ、深い吐息をついた。

そして新しい煙草を唇の端にさして火を点けると、仕上げた側《そば》から傍らへ無雑作に重ねた半ペラの原稿を、上から順々に並べ替えていった。

ひどく蒸し暑い午後である。

未だ梅雨の明けぬ灰色の空からは、この日もまたぞろ鬱陶しい小糠雨が陰気に降り続いていた。

開け放った窓からは、そよとの風も吹きこまぬまま——尤も風がないので、雨でも窓を全開にしていられるのだが——じめじめした湿気のみが無暗《むやみ》に室内に浸透し、手元の原稿用紙をも僅かに波打つ形に歪ませていた。

都合十七枚。表題と署名のスペースを除けば四百字詰めではおよそ八枚分だから、まずは先方の指定通りである。

急な依頼であった。普通に考えて、ここまで提出期日に余裕のない原稿仕事なぞあるものではない。間違いなく誰かの代役――その書き手が、一度は引き受けた原稿をよんどころない事情で落としたが為に、急遽の穴埋めで起用されたものなのであろう。

これが八枚の随筆であれば尚のこと、かような野暮な憶測も、決して不様な猜疑とばかりは云えぬであろう。

しかしその辺りの流れは察した上で、今回二つ返事でこの申し出を受け、更に期限の前日に仕上げを早めてのけたのは、偏《ひとえ》にこれを次の依頼に繋げようと云う下心の故だった。

先方の心証を良くした上で、是非ともかの媒体から引き続いての原稿仕事の声がけを貰うべくの、自我を殺した上でのやむなき仕込みみたようなものであった。

情けないと云えば、随分と情けない話ではある。零落、と云えば、或いはそうも云えるかもしれない。

他を羨むことは一切ないが――否、しないように努めている渠だが、しかしこうも原稿の仕事が途絶え、一寸前までは立て続けに書かせてくれていた、あの『文藝春秋』からも『新潮』からも姑息でくだらぬ〝人間関係〟のみの齟齬でもって無意味に締め出しを食らい、すっかり干上がり果ててしまった状態の今は、最早自我なぞいくらでも忘れてやろうとの気持ちになっていた。

こうした卑屈な心境に陥っても、俄然次の仕事が欲しかった。

それも、いつまでも惨めな持ち込みをするまでもなくの、ごく当たり前な先様からの依頼仕事が欲しかった。

金の為もあるが、それと同等に未だ良くも悪くも残っているところの、書き手の端くれとしての意地と云うのもある。これは自我とは質的に別物である。今や一向に依頼原稿の口がかからないのは、これ即ち、等しくお利巧馬鹿の文芸編輯者から、疾《と》うに〝不要物〟の烙印を押されている証左と云うことであろう。

だが、そんな恣意的な評価の低さで徒らに取り残されたとあっては、すでに中年期に達して久しき枯葉のような渠の内にも、或る種の意志が蘇えってくる。

自身の非才ゆえの不遇を自覚した上で、しかし尚かつ常に心中に掲げている〝崩折れるには、まだ早い〟との思いが、鮮明に蘇えってくるのだ。

×　　×　　×

渠は煙草を灰皿に押しつけると、少し腰を伸ばすつもりで仰向けに体を倒してゆき、やがて背を江戸間畳にべたりとくっ付けるかたちとなった。

そして再びフーッと大きく息をついたのちに、左の手でもって、己が口辺を何んとなく撫で廻した。

改めて、そこに髭がないことを思いだす。

もう長いこと蓄えていたところの、それを剃り落としたのは先月のことだ。が、直後に会った者で、この変化に気付いて反応を示したのは誰一人としていなかった。

渠としては、自身、いっときは流行作家風の好景気を得て少しは世間に顔も売れ、かの髭も一種トレードマーク、一種アピールポイントだと自惚れる部分もあったのだが、結句《けっく》それも、まるで意味のない幻想に過ぎなかったようである。けれどまあ、所詮はそんな程度のものなのであろう。

と、――ふと渠は、女が欲しくなってきた。

いったいに座り作業の従事者は性慾が募り易いと云うが、渠もまた、一仕事終えた直後は妙に女体が恋しくなるのが平生の常である。殊にこのときは、最前に頭をかすめた不遇感の寂莫さも相俟ってか一入《ひとしお》にあの甘い柔肌が恋しく、そこへ忘我の態《てい》で埋没したい希求に駆られるものがあった。

だがしかし、如何せん渠には今すぐとその思いを果たせるだけの、肝心の金はなかった。また、よしんばそれがあったとしても、悲しいかな下《しも》の病疾の状況が、その敢行をやはり断念させてしまうであろう。

長患いの性病が、また一寸いけなくなってきているのだ。

渠の下疳《げかん》は数年前からのものだが、これが一向に完治をみない。どころか、どうにも悪くなる一方のようなのだ。だがそれも、小康状態を得るごとにすぐと買淫に奔ることを繰り返していれば、治癒するものとても畢竟《ひっきょう》そこには到るまい。

この発症が男根辺の腫瘍で止どまってくれればまだしも、もしかこいつが脳にでも廻ったりしたなら、もう百年目である。と、云うか、すでにその兆しはあらわれ始めているフシもなくはないのだ。

決して、〝渠と云えば買淫〟のパブリックイメージを自ら尊重し、それの忠実なる実践に是つとめていたわけではない。渠にとって淫売を買うことは、あくまでも生理的必要性に迫られての、浅ましくも哀しき止むに止まれぬ措置ではある。

が、そこには望ましくない余禄——と云って悪ければ、代価以外の代償がときとして降りかかってくることを、渠は迂闊にも忘れていた。

イヤ、忘れていたわけではない。そのことを些か軽視し過ぎていたのである。

その悔いと云えば悔い、慚愧と云えば慚愧の念に苛《さいな》まれると、渠の頭の中には天然自然と別れた女の、あの儚き姿が浮かび上がってくる。

ほんの二週間ばかり前に別れたその女のことが、どうしても思いだされてきてしまう。短期間ではあるが、恰《あたか》も夫婦同然に暮していた相手だ。

共に棲みだしたのは三、四年前の、まだ渠の創作が小繁忙期にあった頃だ。今思えば、いっときの虚名を得ての、所謂《いわゆる》〝ピーク時〟であったのかもしれない。

その女もまた、性病持ちであった。不特定多数の者と交合することを生業《なりわい》としている、愚かで弱い女だった。

渠自身、無論のことにはそれを承知の上である。二人のそもそもの出会いが、はな黄白を介在させるものだったのだ。

先方もまた、渠の病のことにはすぐと気付いたようだ。互いに互いの疾病を知りながら、それでもどうにも魅かれ合ったかして、やがて起居を共にしだしたのである。

しかし、それでいて先般に同居のかたちを解消する破目となったのは、やはり生活が立ちゆかなくなったが為である。渠が不甲斐なく、未だ未練に小説にしがみついているばかりに、共に暮してゆくに足る月々のものが、まるで入らなくなってきた故にである。

と云ってこの年齢《とし》になり、最早世間に働き口もなく、たださえ学歴のない身では他の書き手のようにツテを頼り、大学講義なぞで小遣銭を得るわけにもゆかぬ渠は、結句は元の、独り身の状況に戻るしかなかった。自分独りならば、食うや食わずでも何んとかなり、郷里の親類宅に当てのあると云う女との共倒れだけは、少なくとも避けることができよう。

――そんな惨めな望みから、女との部屋を引き払い、単身この四畳半一間の、昔の書生が棲まうような安宿に移ってきたのがつい数日前のことであり、恰度そこを出るときに今回の急な穴埋め原稿の依頼状が、行き違いとなる寸前のところで届いたものだった。

女とは完全に切れたわけではない。が、一度かような理由で同居を解消したからには、おそらくは向後再び元のような生活に復す日もくるまい。女の方で、断固拒否をするであろう。口論の果てに女を打擲《ちょうちゃく》し、足蹴をくれてやると云う不穏な夜も、別居寸前期には実に番度《ばんたび》繰り返していたのである。

貫多は、その女に対して今はひたすらの感謝と申し訳なさしかない。――或いは哀れみと云った不遜な情も、その中には確と含まれているのかもしれぬ。

が、とあれ貫多は、女の身体だけはどうにかして治してやりたかった。普通に社会復帰ができ、再びあらゆる選択肢と可能性が無限とはいかぬまでも、少しは拡がる状態を得られるように成るべくの充分な治療費を、必ずや贈ってあげたかった。それだけは自身の命に代えてでも、どうでもやってのけたかった。

その為にも、貫多はとにかく切れ目なしの、金に換わる原稿仕事が欲しかった。

×　　×　　×

渠は仰向けにひっくり返った状態のまま、その位置にあって眺め得る、窓外の一点へと目を転じた。

そして我知らずのうちにまた一つ、フーッと溜息を洩らしたが、それは腰高の窓から無風の屋外へとユラユラ流れ、湯屋の煙突から垂直に昇っているところの、ドス黒い煤煙に同化してゆく錯覚があった。

この先の道行きの不安。そんなものを、ここのところはとみに感ずるようになっていた。二十代や三十代の頃には、全く思うこともなかった不安である。

何かこう、自身の先が——終点が見えてきてしまった感じなのだが、これもまた、二十代、三十代では決して脳中に映ることのなかった景色ではある。

まだ老境気取りになる年齢でもない、十年は早い。との自覚、自戒はしていても、なぜか自らの死と云うのが、やけに身近のこととして捉えられてきてしまう。

自分の人生とは一体何んだったのだろうかとの、疑念みたようなものも頻々と頭をよぎるのだ。

そしてその都度に思いだされるのは、先年の恰度この時期辺に死んだ友人のことである。突然の自殺だった。来月の大暑に入れば、早くも丸三年が経つ計算となる。

また加えて連想するのは、その友人が自死した翌年の、そのほぼ同じだったか——前の日だったかに歿した、同業の人物である。その人物と瀆は面識がないままだった。世代も違うし、書き手としての出発も瀆の方がはるかに後である。何かの雑誌か新聞でその坊主頭の、苦行僧の陰影の中に飄逸味の同居する風貌を瞥見したことがあるだけであり、作の方も二、三作を読んだきりで、あとは敬して遠ざける恰好を取っていた。が、他者に云わせると書くものの傾向に似通った部分もあるそうで、その点で瀆としても秘かに意識せぬこともなかった人物である。寡作であったらしいが、まだこれから大いに仕事をこなせたであろう年齢での死だった。

で、この二人を思いだしたとなると、次に瀆の頭の中にきわめてナチュラルに浮かんでくるのは、つい先月に病歿した先達である。

この先達には、瀆は以前より親炙していた。はな、瀆の拙い創作を認めてくれた先人でもあり、一度ならずの借銭に応じてくれた恩人でもあったが、否運にも喉頭癌に罹って、苦しみ抜いた果てに死んでしまった。

いずれも〝死〟と向き合うに今の瀆と比べて、より切実に、そしてより具体的な思考を要したはずであり、その分、一層の不安にも苛まれていたはずである。

完全に死神に襟首を摑まれた状態で、それとの長の時間の対峙を否応なく強いられ続けていたはずである。

――そのときに、いったいこれらの先人、知友は何を思い、眼前にどのような風景を見ていたのだろうか。

×　　×　　×

渠はまたもやフーッと、深い溜息を吐きだした。

それにしても、蒸し暑い。

依然として平たくなったままで、胸元の汗を右腕の近くにあった手拭いでふき取る。そんな僅かな身じろぎをしただけで、もう四日も湯に入らぬ己れの皮脂の、その心地よくない臭いがツンと鼻孔を刺してくる。

――どうで皆、必ず骨壺に入るのだ。

月並みなやつだが、やはり今回もそれが結論だった。

遅かれ早かれの違いは、結句さしたる意味も持たない。死ねば名誉も蓄銭も、すべてが当人には全く無用で全く無意味なのだ。

何も死は、渠のように〝落ちぶれて袖に涙のふりかかる〟の状態にある者のみに巡り来るわけではない。現在、文壇で栄華を極め、その前線だか中枢だかにいるつもりで調子をこいている奴ばらも、そこいらの馬鹿な読者もくだらぬ編輯者も、皆じきに必ず、間違いなく死ぬ。今、生きている者は洩れなく全員、全くの無になる。その生存率がゼロとなることは、これはもう絶対的に確かなところだ。

なれば逆説的にはなるが、その誰にも等しくやってくる死こそを最後の救い——現世でのいっときの、勝ち馬と負け犬の恣意的な色分けを全くのチャラとしてくれる、或る種の天からの救済措置として心得つつ現在を生き、そして依頼のない原稿をひたすら書き続けるより他はない。

後世の文芸読者に期待するわけではない。現時のそれよりかは幾らかマシであってくれと願うばかりだが、しかしそもそもが読者なぞ云うのは、あらゆる意味で当てになるものではない。それはいつの時代も、多分不変のものであろう。

かようなありふれた結論の、誰しも分かりきったところのプリミティブな答えを、それでも決して意識の下に押し込めぬことが肝要であろう。これを絶えず念頭に置き続けているのといないのとでは、平生の心持ちも些か違ってくるはずだ。

で、その覚悟を固めた上で書き続けていれば、或いは、もしかしたら、自分にとっての最後の死に花を咲かせるような作をものすることができるかもしれない。

——と、元より渠は甚だ甘で虫の良い思考の持ち主ではあるが、これまで幾度となく胸に刻んではすぐと霧散していたこの〝結論〟を、またここでも引っ張りだしてきて己が心を慰めた。今はその、我ながら鼻白む程の幼稚な〝結論〟にすがりつき、これを全肯定しなければ、到底やりきれぬ思いになっていた。

×　×　×

（何んのその、どうで死ぬ身の一踊り。か――）

幾分自嘲気味に胸の内で呟いた渠は、そこでまた深く吐きだすべくの息を大きく吸い込みかけて、中途でやめた。

頭の先の、出入口たる引き戸の向こうより、渠の名を呼ぶ女中の声が聞こえてきた為である。

その声に、俄かに我に返ったような格好となった渠は、上半身をムクリと起こすと、同時に脚を組み直し、はだけていた単衣《ひとえ》の胸元を一寸かき合わせてから、

「ああ、どうぞ」

鷹揚な調子で返答した。

「……あのう、言いつけのものを買ってまいりました」

半分程開いたとば口のところで、膝を折った女中は一束の葉書を差しだしてきた。

二十歳ぐらいの、画に描いたみたく田舎臭い容貌をした短軀、小肥りの女である。その

引っつめにした髪の下の、皮の付いた馬鈴薯みたいな額には大粒の汗がびっしり浮いているのが、妙にはっきりと見て取れる。

「やあ、有難う。そこに置いといてくんないか」

渠は面持ちにも謝意を表わしながら、しかし口調は至って鷹揚なままで顎をしゃくってみせた。

「はい。あのう、それと、これはお釣りです」

「ああ、それはお前が取っといてくんな」

「え？」

「いいから、しまっておき給《たま》えな」

女中は掌《てのひら》に数枚の銅貨を載せたまま、不様な程のドングリ眼《まなこ》を更に丸くし、

「いえ、そんな……あたし、困りますわ」

なぞ、慌てたように言ってくる。

「困るなんて奴があるもんか。幾らもあるわけじゃなし、ただの足労賃なんだから」

「でも、そんな……」

「いいから、取っておき給えな。あとで、ラムネでも飲んだら良いじゃないか。飲み給えなあ」

破顔しながら渠が尚も重ねると、そこでようやくに女中は、

「そうですか……そんなならあたし、頂戴しますわ。折角のお銭《あし》を頂戴しますわ」

生硬な表情ながらも、頬の辺りを僅かにほころばせて、一つ叩頭《こうとう》してきた。

「うむ。そうし給えなあ。この蒸し暑い雨の中を、わざわざの使いに出したりして気の毒だったね。いや、有難うよ」

「いえ……あのう、葉書は三十枚でよござい ましたわね」

照れ隠しか、取って付けたみたくして言い添えてきた女中に、

「うん、そう。三十枚でいいんだ」

渠は引き続いての鷹揚そうな素振りで答えを返し、かの女中が額の汗を、さながら工夫のように手の甲でグイと拭ったのち、そそくさと戸を閉めて去ってゆくのを悠然と見送ったが、しかしその胸中には最前から惨め極まりない、忸怩たる思いが駆けめぐっていた。

この、他の下宿人のように日々の賄いを取ることもせぬくせに、それでいて女中だけは人並みに使い立てをし、而《しか》してそのチップには全くの子供の駄賃程度のものしか出せぬと云う仕儀が、どうにも情けなかったのである。

五十銭を渡して一銭五厘の葉書を三十枚購《もと》めてきてもらい、くれてやれたのがその釣りの、たった五銭きりと云う不甲斐なさが、何んとも口惜《くちお》しかったのである。あの女中も、或

いはこれを吝嗇《りんしょく》と捉えて内心で嗤っていたかも知れぬ。

けれどその五銭さえも、今の貫多には失うに大いなる痛手ではあるのだ。

本来ならば、見栄坊と云うか、粋を重んじる流儀の貫多であれば、そこはサイダーを勧めたいところである。味は同じでも、ラムネの三倍以上は値の張るサイダーを、それを購《あがな》うに足る充分な駄賃と共に是非とも勧めてやりたい場面ではある。

しかし貫多は、仕上げた原稿をこれから新橋の出版書肆へと届けにゆくのに市電を節約し、この谷中三崎町《さんさきちょう》から、小雨の続く滅入るような高湿度の中を徒歩で向かおうと云う状況にある者なのだ。

（まあ所詮、無い袖を振ることはできねえわな。今ここに付いてるのは、俯いたてめえの涙がふりかかるだけの、至ってしょぼくれた袖なんだからなあ――）

またも自嘲気味に胸中でほき出した貫多は、そしてまたもやフーッと一つ、深い溜息をつくのだった。

バット代わりのエアーシップを一本吸いつけたのちに、貫多は無理にも気を取り直して腰を上げると、女中がとば口に置いていった葉書の束を取りにゆく。

まだ時間もあるし、出かけついでにその幾枚かを投函してゆこうと云う了見からである。

再び万年筆のキャップを外すと、一枚の裏面に此度《こたび》の転居口上と新しいこの下宿の所番地、日付け、そして末尾に〝藤澤清造〟との署名をしたため、宛名面へと引っ繰り返す。

次いで机上の隅にある、手製の小さな住所録を取ったが、その一ページ目を開いて、ふと吐胸《とむね》を突かれた。

渠は手拭いで首筋の汗を押さえてから、万年筆を握り直した。

そして、すでに三年前の自裁直後に線を引いた芥川龍之介と同ページの筆頭に置いてあるところの、先月に、例の喉頭癌で斃れた花袋こと田山録彌の名と住所にも二本の縦棒線を加えていった。

小暑《しょうしょ》

梅雨が明けて、本格的に夏になる頃。

重松 清

鷹乃学習《たかすなわちがくしゅうす》

鷹の雛が
飛び方を覚える候。
七月十八日から二十二日頃。

❖温風至《おんぷういたる》
夏の風が熱気を
運んでくる候。
七月七日から
十二日頃。

❖蓮始開《はすはじめてひらく》
蓮の花が
咲き始める候。
七月十三日から
十七日頃。

重松 清

しげまつ・きよし

一九六三年岡山県生まれ。
一九九一年『ビフォア・ラン』でデビュー。
一九九九年『ナイフ』で坪田譲治文学賞、
同年『エイジ』で山本周五郎賞、
二〇〇一年『ビタミンF』で直木賞、
二〇一〇年『十字架』で吉川英治文学賞、
二〇一四年『ゼツメツ少年』で毎日出版文化賞を受賞。

駅舎の前に立って軒先《のきさき》を仰ぐと、鉄骨の梁《はり》と柱が交差するところに、白茶けた泥のかたまりがあった。大きな泥玉をぶつけ、ほとんどの泥が床に落ちたあと、へばりついた残りが乾いてしまっただけのようにも見える。

「これがツバメの巣なの?」

息子の翔太《しょうた》が指差して訊いた。拍子《ひょうし》抜けしたのを隠しきれない口調だった。

私は「いや、ほんとは、こんなのじゃなくて……」と首をかしげる。

空港からレンタカーで私の生まれ故郷に向かう途中、バードウォッチングの話になった。すでに車はふるさとの町に入っていたが、ツバメの巣をまだ見たことがないという翔太にせがまれ、たしか駅にあったよな、と立ち寄ったのだ。

「やっぱり、もう遅かったたってこと?」

「まあ、ツバメの子育ては、だいたい五月とか六月頃だから、遅いことは遅いんだけど」

いまは七月半ば過ぎ——翔太の通う小学校が夏休みに入った初日だった。

「でも、これは違うな、今年つくった巣じゃなくて、去年かおととしのだ」

話しながら、そうか、そうだよな、失敗したな、と小刻みにうなずいた。

「ツバメは、人間がたくさんいる場所に巣をつくるんだ」

「そうなの?」

「うん。ひとがいれば、カラスとかヘビが寄ってこないだろ? だから、人間のそばにいたほうが安全なんだよ」

「人間のことは怖くないの?」

「仲良しなんだ、昔からツバメと人間は」

ツバメは人間に天敵から守ってもらう代わりに、害虫をせっせと食べる。ツバメが軒先に巣をつくると、その家は栄える、という言い伝えもある。ただの迷信ではなく、ひとの出入りが盛んな家は、にぎやかで活気があるということなのだろう。

だから、ツバメは、今年ここには巣をつくらなかった。

私はあらためて駅舎を見上げて、ため息を呑み込んだ。

来年も再来年も、これからずっと、ここでツバメの子育てを見ることはできないだろう。

駅前に私たち以外の人影はない。駅舎の中も無人だった。昨年の暮れ、鉄道が廃線になってしまい、駅は半世紀を超える歴史に幕を閉じた。それをうっかり忘れていた。

「昔は毎年毎年、ここに巣をつくってたんだけどな」

「同じ場所？」

「そう、いつもここだった。見晴らしとか、陽当たりとか、風通しとか、いろんな条件が揃ってるんだろうな」

「場所を覚えてるの？」

「っていうか、こんなふうに前の年の巣が残ってるだろ。それが目印になるし、残ってる巣を土台にして、今年の巣をつくるんだ。で、次の年には、またそれを土台にして新しい巣をつくるわけだから、何年分かの歴史があるんだよ。言ってみれば、中古の物件を毎年リフォームしてるようなものだな」

われながらわかりやすい譬《たと》えだと思って笑ったが、まだ小学二年生の翔太には難しすぎたのだろう、反応は鈍かった。

「でも、鳥の巣って、あんまりきれいじゃないんだね。ぼく、こんな泥っぽい巣だとは思ってなかった」

鳥の巣というものは草を編《あ》んでつくるのだ、と思い込んでいたらしい。

「そんなのは絵本やマンガの話だよ。鳥の巣はいろんなものを使ってつくるんだ」

泥や藁《わら》や小枝や木の根はもとより、鳥の羽や獣《けもの》の毛、蜘蛛《くも》の糸も使われる。鳥の棲《す》む場所によっては、苔《こけ》や海藻も大事な素材だし、街なかに棲みついたカラスは、クリーニング店で使う安物のハンガーを集めて巣をつくることもある。

「すごいんだね、カラスって」

「頭がいいんだ」

「あ、それ知ってる。ゴミ捨て場にネットを掛けてても、クチバシとか爪でめくって、生ゴミを食べちゃうんだよね。ゴミ捨て場の掃除当番の月は、いつも、ママ――」

言いかけて、翔太は口をつぐんだ。私も不意を衝《つ》かれて、翔太から目をそらす。

話が途切れた。さっきから絶え間なく聞こえていたはずの蟬時雨《せみしぐれ》が、堰《せき》を切ったように、いちどきに耳に流れ込んできた。


私と翔太は、もうじき――一泊二日の帰省を終えて東京の我が家に戻ると、「さよなら」をお互いに言わなくてはならない。「元気でね」とも言い合うだろう。私は翔太に「ママと仲良くしろよ、ママのことは任せたぞ」と言うはずだし、翔太は寂しそうに笑って、もしかしたら言葉ではなにも応えず、ただ黙ってうなずくだけかもしれない。

先週、離婚届を区役所に出した。離婚の理由は、一言では言えない。不倫や借金や暴力ではないことが救いなのか、だからこそ根が深いのか、どちらにしても「性格の不一致」とは便利な言葉だと思い知らされた。

翔太の親権は妻が得た。私は家族三人で暮らしていたマンションを出て、ひさしぶりの一人暮らしに戻る。すでに荷造りはすませた。帰京の翌日には業者が荷物を運び出して、それで家族の日々は終わる。

「パパは、この駅、よく来てたの？」

「高校時代は毎日だよ」

ふるさとの町には高校がなかった。「おじいちゃんも、ひいおじいちゃんも、おばちゃんも、みんな高校生になると、この駅から電車で学校に通ってたんだ」

正確にはディーゼル車だったが、細かく説明するのが面倒なので、電車にしておいた。

四つ先の駅、ここから二十分ほどの距離に、地域で最も大きな、古くから城下町として栄えた街がある。幼い頃の私にとっては目がくらむような大都会だった。中学生の頃も、東京や大阪には負けるけど、ここで一生過ごすのもいいかな、と考えていた。だが、高校に入って実際に城下町で毎日を過ごしてみると、狭苦しさと旧弊《きゅうへい》な田舎臭さにうんざりして、大学受験では東京の学校しか受けなかった。

さっきレンタカーで通った城下町は、すっかり寂れてしまっていた。中心部はシャッターの下りた店舗ばかりで、歩くひとの姿すら、ほとんど目にしなかった。

「ツバメはその頃から、ここに巣をつくってたの？」

「ああ。フンが落ちてくるから、けっこう迷惑だったんだけどな」

「今年、びっくりしたかもね、いきなり駅に誰もいなくなっちゃって」

「だよなあ」

もともと商店街などない駅前だった。広場に面して建っているのは、煙草や郵便切手も売っていた雑貨屋が一軒と、営業車輌《しゃりょう》が三台だけのタクシー会社、小さな製材所の加工場と倉庫……それくらいのものだった。

雑貨屋はもう何年も前に店を閉じて、いまは誰も住んでいないのだろう、屋根の大棟《おおむね》や降棟《くだりむね》がたわみ、瓦も波打って、廃屋同然になっていた。タクシー会社は国道沿いに移転した。製材所は更地になって、建築資材が野積みされている。これでは、ツバメは棲めない。

「今年はどこに巣をつくったの？」

「さあ……どこだろうなあ」

町内でひとの集まりそうなところは、町役場——いや、数年前に城下町と合併したので、いまは市役所の支所か。町議会がなくなり、職員の数も減らされて、閑散としているはずだ。ツバメをカラスやヘビから守ってくれるほどのにぎわいは、とても望めそうにない。

「あとでおばあちゃんに訊いてみるよ」と話を切り上げて、駅舎に入ってみた。

ホールはがらんとして、ベンチが並んでいるだけだった。券売機やドリンクの自動販売機はすべて撤去され、事務室の窓口はベニヤ板で塞がれている。駅舎もいずれ、年内には取り壊される。跡地と駅前広場の用途はまだ決まっていない。

ベンチに座りかけた翔太は、座面に埃《ほこり》が積もっているのに気づいて、ひゃっ、と尻を跳ね上げた。

今年の梅雨《つゆ》は長かった。ホールには饐《す》えたような黴臭《かびくさ》さが澱《よど》んでいる。夏は例年よりも暑くなりそうだと、何日か前に、テレビの天気予報が告げていた。

「外に出ていい？」

「ああ……」

無人の改札を抜けてホームに出た。駅舎の中の薄暗さに目が慣れてしまったぶん、ホームの照り返しがまぶしい。蟬時雨もひときわ大きくなった。

ホームは駅舎と繫がった一面だけだが、ずいぶん昔――いま七十歳になった父が子どもの頃には、向かい側にもう一面、貨物の引き込み線用のホームがあったらしい。

電化も複線化もできずじまいで廃線になった路線でも、かつては急行列車が日に何便も走っていた。

十年前に亡くなった祖父は、畑仕事のかたわら町役場の職員を定年まで勤め上げた。年に一度か二度、急行列車に乗って、役場の同僚と温泉や海に遠出をするのがなによりの楽しみだったという。

父は、城下町の工業高校に通った。卒業後は、急行列車で大阪に出て、自動車メーカーに勤めたが、都会暮らしは性に合わなかったらしく、母親と結婚すると早々に帰郷して、地方振興局の地元採用職員になった。

私が城下町の普通科高校を卒業したときには、すでにこの路線に急行列車は走っていなかった。二時間に一本あるかないかの鈍行列車も、一輌か、せいぜい二輌編成で、すべて城下町の駅が終点だった。遠くへは行けない。上京したときも、高校時代と同じように鈍行で城下町に出て、そこからバスで一時間ほどかけて空港へ向かった。東京の私大に通い、東京で就職をして、結婚もして、子どもをつくり、そして、いま、家族をなくした。

ホームから線路をぼんやり見つめた。レールはまだ撤去されていなかったが、雑草に覆《おお》われ、錆《さび》でうっすらと赤茶けて、ああ、もう、ここを列車が走ることは永遠にないんだ、というのを実感する。

私から少し離れて線路を覗《のぞ》き込んでいた翔太は、「東京って、どっち？」と訊いてきた。

「あっちだ」

私が右を指差すと、翔太のまなざしもそれに倣《なら》い、東京のほうに体を向けて、じっと遠くを見つめた。

「直接、東京まで行けるわけじゃないんだけど、まあ、大きく見れば、ここから右だ」

返事はなかった。

両親の離婚の話は、もう聞かせている。妻が懇々《こんこん》と説明した。パパとママはこれから別々に暮らし、パパとはめったに会えなくなるし、もしかしたら新しいパパができるかもしれないけれど、いまのパパがあなたのお父さんだというのは、これからもずうっと変わらないんだから……。

どこまで理解して、どこまで受け容れたのかはわからない。あとで妻に聞いた。翔太は、黙ってうなずいたらしい。両親が別れる理由を尋ねることも、別れるのを責めることもなく、ただ、黙って、こくん、と首を前に倒しただけだった、という。

「そろそろ行くか、おじいちゃんもおばあちゃんも待ってるぞ」

声をかけると、翔太は遠くを見たまま、「ねえ――」と言った。「おじいちゃんとおばあちゃんに、バイバイって言ったほうがいい？」

「言わなくていい、そんなの」

「でも――」

「また会えるんだ、会いたくなったらいつでも会えるんだから、べつにお別れじゃないんだって、そうだろ、だからそんなこと言わなくていいし、言うなよ、おばあちゃん寂しがるから」

早口になった。行くぞ、ほら、行こう、と車に戻る私を、翔太は黙って追ってきた。

夕食のテーブルには、母の心尽くしのご馳走《ちそう》が並んだ。田舎のおばあちゃんだから料理が上手につくれない、と母は申し訳なさそうに謝ったが、翔太は、そんなことないよ美味《おい》しいよ、とたくさん食べて、お代わりもした。苦手なニンジンも選《よ》り分けずに口に運ぶ。子どもなりに気をつかっているのだろう。ビールの味が少し苦くなった。

両親も、このたびの帰省がどういう意味を持つのかはわかっている。

母はよくしゃべって、よく笑った。もともとおしゃべり好きなひとではあるのだが、ここまで休む間もなく話していると、明日は血圧が上がって具合が悪くなってしまうかもしれない。

父は、ときどき相槌《あいづち》を打つぐらいで、おしゃべりには加わらなかった。孫と過ごす最後の一晩を、まるごと母に譲り渡したのだろう。仲の良い二人だ。近所や親戚の間でもおしどり夫婦として通っていて、夫婦喧嘩など、少なくとも私が実家にいた高校卒業まで、一度も見たことがなかった。そんな二人の血を引き、夫婦でいたわりあう姿を間近に見てきた息子が、離婚をして、翔太と別れてしまうことになるのを、両親はどう思っているのか。
離婚の経緯は、私は「いろいろあったんだ」としか説明しなかったし、両親も詳しくは問い質《ただ》さなかった。ただ、父には一言だけ――「翔太の心に傷を残すことはするなよ」と諭された。ふだんなら父の言葉を引き取って、その何倍もしゃべる母が、そのときはなにも言わなかった。お父さんの言ったことをよく嚙みしめなさい、と伝えるように、黙って何度も何度もうなずいていた。

母の携帯電話が鳴った。メールが着信したらしく、画面に目を落としたあと、鼻白んだ様子でため息をついた。

結婚して城下町に住んでいる私の姉からだった。母は何日も前から、今夜顔を出さないかと姉を誘っていた。姉の子ども二人、翔太にとってはイトコになる男の子と女の子も連れて来るよう言ってあったらしい。

だが、姉は「いまは忙しくて家を空けられないから」とメールで断ってきた。

母はがっかりしていたが、じつを言うと私はすでに姉から「悪いけど、行かないからね」と告げられていたのだ。「会わないほうがいいよ」――翔太のために。

「みんなで集まって、にぎやかに盛り上がって、思い出の一晩みたいになると、後々のことを考えるとよくないんじゃない？」

私もそう思う。おじいちゃんとおばあちゃんとは、淡々とお別れをしたほうがいい。川の水が流れるように、ごく自然に遠ざかって、小さくなって、薄れていって、そして忘れていけばいい。

もともとお盆と正月ぐらいしか帰省していなかったので、しょっちゅう会っている姉のところの孫二人とは違って、両親にも翔太にも、微妙なよそよそしさがあった。結局それは解消できないままになってしまったが、かえってそのほうがお互いによかったんだよ、と自分を納得させた。

母のおしゃべりの話題は、この秋に城下町で開かれるお祭りのことになった。築城百何十周年かの節目を祝って、大名行列が再現されるのだという。

戦国武将や忍者や日本刀が登場するゲームが大好きな翔太は、目を輝かせて「行きたい！」と言いだした。「おばあちゃん、連れてって！」

「うん、じゃあ、行こう行こう」

声をはずませて応えた母は、次の瞬間、父の目配せに気づいて、顔をこわばらせた。翔太も、あ、そうか、という表情になって、それきり黙ってしまった。

母はぎごちなく「いま、なにかやってるかな」とひとりごちて、リモコンを手に取ってテレビを点けた。バラエティ番組の陽気な笑い声が、思いのほか大きなボリュームで流れてきた。父も母も耳が遠くなってきたせいだろうか。ビールがまた苦みを増してしまう。

場の空気を変えたくて、ツバメの巣の話をした。駅以外で、どこか巣をつくっていそうな場所を尋ねると、母は総合病院と葬祭ホールの名前を出した。

「いまはもう、それぐらいしか、にぎやかな場所はないから」

拗《す》ねたように、ぼそっと言った。

私はコップに残ったビールを空けた。気の抜けた生温《なまぬる》さが、そっくりそのまま苦みになってしまっていた。

翌日、実家をひきあげた足で、母に言われた総合病院に回ってみた。五年前にできた病院の広い駐車場は、高齢者マークをつけた車であらかた埋まっていて、タクシー乗り場もあった。

ツバメの巣は、確かにあった。二階のエアコンの室外機と庇《ひさし》の隙間につくっていた。だが、やはり巣立ちは終わったのだろう、ヒナのいる気配はなく、しばらく待っても親鳥が姿を見せることもなかった。

「どうする？　これがツバメの巣なんだけど、空っぽになってるな、もう」

翔太がどうしてもヒナがいるのを見てみたいと言うのなら、「ダメでもともとだぞ」と釘を刺したうえで葬祭ホールにも寄ってみるつもりだったが、正直、気乗りはしない。父や母が亡くなったら、妻はともかく、翔太は告別式に参列させるべきなのだろうか。妻が再婚して、新しいパパのほうのおじいちゃんとおばあちゃんができていたら、連絡をしないほうがいいのだろうか。そんなことも、ゆうべ布団に入ってから、寝付かれないまま、あれこれ考えていたのだ。

もっとも、翔太の反応は意外とあっさりしたものだった。

「もういいよ」

さばさばと言って、「しょうがないよね、来るのが遅かったんだから」と続ける。かえって私のほうが、翔太の物わかりの良さに戸惑ってしまう。

「来年、この巣を土台にして、また新しい巣をつくるんだよね」

「ああ……」

来年の話が出たとき、ゆうべのことがよみがえって、ひやっとしたが、翔太は巣を見上げて、バイバーイ、と両手を振った。実家を発つときも、そうだった。玄関の外で見送ってくれた母は涙ぐんでいたし、父も寂しさを隠しきれない顔をしていた。そんな二人に、翔太は、まるで明日も会えるかのような軽い口調と明るい笑顔で、「じゃあね、おじいちゃん、おばあちゃん、元気でね、バイバーイ」と両手を振って、車に向かって駆けだしたのだ。

母の嗚咽《おえつ》は、聞こえていただろうか。車のドアを開け閉めする音に紛れただろうか。父は崩れ落ちそうな母の体を、肩を抱いて支え、もういい、早く行け、あとは心配しなくていいから、と私を手で追い払った。

私はツバメのヒナほど上手に巣立ちはできていなかったのかもしれない。

総合病院の駐車場を出るときに「いまからどうする?」と訊いた。帰りの飛行機にはまだ時間がある。城下町に出てもよかった。石垣と櫓《やぐら》しか残っていない城趾《じょうし》でも、お城の雰囲気ぐらいは味わえるだろう。

だが、翔太は少し遠慮がちに言った。

「あのね……昨日の駅、もう一回行っていい?」

「いいけど?」

「で、ホームから、線路に下りてもいい? いいよね? もう電車走ってないから、だいじょうぶだよね?」

ドラマの主人公が線路を歩いている場面がカッコよかった——いつかテレビで観たことがあるのを、昨日、ホームにいるときに思いだしたのだという。

「ぼくもやってみたいんだけど、いい?」

思いも寄らないリクエストに最初は困惑したが、だめだと言う理由も見つからない。

「よし、じゃあ行ってみるか」

おそらく、これが、親子としての最後の思い出になるだろう。


昨日と今日、たった一日しかたっていないのに、駅舎を抜けてホームに出ると、陽射しが目盛り一つぶん強まったのを確かに感じた。蟬時雨も、夏本番に向けて、昨日よりも勢いを増しているように聞こえた。

季節の初めというのは、いつもそうだ。一雨ごとに水温む春、木々の緑が日ごとに濃くなる初夏、ようやく先日終わったばかりの梅雨《つゆ》の時季も、気象庁が梅雨入りを発表すると、たちまち風に湿り気が増してくる。

私は先にホームから線路に下りて、翔太を抱き取ってやろうとした。ところが、翔太は「だいじょうぶだよ、自分で下りるから」と手助けを断った。

「けっこう高いぞ、無理するなよ」

「へーき、へーき、ぜーんぜんオッケー」

とは言いながら、いざホームの端に立つと見るからに身がすくみ、膝を折り曲げてしまう。「足元も悪いし、ほら、パパが下ろしてやるって」と私は両手を掲げて、翔太を迎え入れる体勢をとった。

「だいじょうぶ！　できる！」

翔太は甲高い声をあげるのと同時に、曲げた膝をバネにして、線路に飛び下りた、というより、落ちた。

着地すると、線路に敷き詰めた砂利《じゃり》が崩れ、体が傾《かし》いだ。足だけでは支えられずに、膝をつき、手をついて、四つん這《ば》いになった。危なかった。もうちょっとバランスが崩れていたら、顔から砂利に突っ込んでしまったかもしれない。

だが、とにかく、翔太は自分一人で線路に下りた。私は思わず「手とか膝、擦《す》りむいてないか？」と訊きそうになったが、体を起こした翔太は、ほら、できたでしょ、と言いたげに、私にニッと笑った。

走りだす。駅舎を背にして、右――東京の方角に向かって。

何歩か進むと、また足元の砂利が崩れて、転びそうになる。つんのめって、四つん這いになって、また起き上がって走りだす。

何度も転んだ。砂利ではなくレールに膝をぶつけそうになったこともあった。砂利のとがったところに手をついてしまったのか、起き上がったあと、手のひらを口元にあてているときもあった。息を吹きかけて痛みをこらえていたのか、あるいは、にじんだ血を吸っていたのかもしれない。

それでも、翔太は私を振り向かなかった。立ち止まることもなかった。前に、前に、遠くへ、遠くへ、走っては転び、起き上がっては走り、また転んでは起き上がって、走りつづけた。

私はふと我に返り、翔太を追いかけてしばらく走ったが、途中でやめた。はずむ息を整えながら、遠ざかる息子の背中を、じっと見つめた。

夏の陽射しが、線路の上に陽炎をたちのぼらせる。翔太の背中がゆらゆらと揺れる。


昔、ここには急行列車が走っていたのだ。

大暑《たいしょ》

最も暑い真夏の頃。

大雨時行《たいうときどきふる》

町田 康

夏の雨が時に激しく降る候。
八月二日から七日頃。

❖桐始結花《きりはじめてはなをむすぶ》

桐が実を
結び始める候。
七月二十三日から
二十七日頃。

❖土潤溽暑《つちうるおいてむしあつし》

熱気のまとわりつく
蒸し暑い候。
七月二十八日から
八月一日頃。

町田　康

まちだ・こう

一九六二年大阪府生まれ。
高校時代より町田町蔵の名で音楽活動を始める。
一九九七年『くっすん大黒』でBunkamuraドゥマゴ文学賞、
野間文芸新人賞、
二〇〇〇年「きれぎれ」で芥川賞、
二〇〇一年詩集『土間の四十八滝』で萩原朔太郎賞、
二〇〇二年「権現の踊り子」で川端康成文学賞、
二〇〇五年『告白』で谷崎潤一郎賞、
二〇〇八年『宿屋めぐり』で野間文芸賞を受賞。

数日前から。芙蓉が大きな花を咲かせていた。気色の悪い、まるで利己心丸出しみたいな花で、天の照らしが強すぎて全体的に衰弱した感じの庭木のなかでひとりギラギラと精を発していた。

「ちょんぎってやろうか。クソが」

呟いては見たものの、なにをするのも懶《ものう》く、剪定鋏《せんていばさみ》を持って庭に出るなんて気にはとてもなれない大助は仄暗い家の中で横になり、白い庭を眺め、去年の夏のことを思い出していた。

どこかから物売りの声が聞こえてくるが、なに売りなのか訣《わか》らない。聞いていると、あまりの暑さに発狂したらしいおばはんの金切り声がそれに混じって、聞くうち、それがまるで素晴らしいプログレのように聞こえだして、大助は命が身体から溶けて流れるような心持ちになった。

このまま二度と。

そんな気持ちになって芙蓉もなにもどうでもいい勝手に咲け、俺も勝手に死ぬ。そう思っているとそこに突然に最低のデスメタルのような、黒い、野太い音がして、その衝撃で我に還った大助が気配を感じて、顔を上げると縁側に黒い影が立っていた。

すぐに死神だと訣った。しかし身体に力が入らない。入ったところでどうなるものでもない。だから脱力したままわなないていた。そうしたところ死神が、

「なんだ、寐《ね》てたのか」

と気安い口調で言った。なんでこんな気安いのか。それでも死神か。クソが。心のなかで毒づいたら死神が座敷に上がってきた。なんて死神だ。呆れた大助が改めてその顔を見ると、とんだ見間違い、この暑いのに死神が背広を着込んでいる。

背広を着た死神なんてものがあるわけがない。

「なんだ、おまえか」と言う大助に、「うん。おまえ」

と、大助の年来の友人、横江が鸚鵡《おうむ》返しに答えた。

「斯《こ》う暑いとなにをする気も起こらない。街をぶらつくなんてもっての外《ほか》。本を読む気にもならない。こういう日の昼下がりは家にいるに限る。出歩く奴は馬鹿ものか死神くらいのものさ」

と大助が言い訳に皮肉を混ぜて言うと横江は、

「蓋し《けだ》真理だな。けどそれは家にいられる奴の理屈だぜ。みんながみんな貴様のように家で寝ていられる訳ぢゃあない。世間の人間はこの時間、みんな働いてる」

「なるほど。盗人にも三分の理ってやつか」

「盗人とは恐れ入る」

そう言って横江は座った。

しかしそれにつけても背広にネクタイとはどういうことだ。

腰を落ち着け、台所から持ってきた鉱泉水をグイグイ飲む横江に大助が先ず問いたかったのはそれだった。

問いたい。問いたくてたまらない。そう思いながら大助は開襟シャーツを脱いでポンと放った。

それでも皮膚がじっとりして不快感がつのった。

考えていることが顔に出たのだろうか、横江は大助の顔を見て言った。

「貴様は僕の服装に疑問を持っているのか」

大助は図星を指されて狼狽《うろた》えたが、それを隠して大助は、まるでうどん屋の経営者がラーメン屋でバイトしているような心で答えた。

「ああ、持っているとも。なぜなら見るだに暑苦しいから」

「ふぁーさ。これには理由がある。ってのはね、これから＊＊＊ホテルで会議があるんだ。国の政策にも影響を及ぼすほどの権威ある会議だからね、だから僕はスーツを着ているってわけ」

大助は腹を立てた。なにが、わけ、だ、と思った。つまりは自慢がしたいのだろう。自分はそういう会議に呼ばれるくらい「売れている」。と言いたい、わけ、だ。ふざけるな。殺してやろうかな。そんな凶暴な思いが大助の身の内から湧いた。

しかしそれも暑さゆえなのかも知れない。だから俺は殺意を堪えてなるべく穏やかに話をしよう、すべきだ。殺すなんてもっての外だ、と大助は自分に言い聞かせて言った。

「それにしても暑いだろう。うちはエアコンを置いてねぇからな。せめて上着をとったらどうだ。ネクタイも、シャーツも脱いだらどうだ。会議はまだはじまらねぇんだろ」

「ああ、時間を間違えて二時間ばかり早く着いちまったのさ」

そう言って横江は上着を脱ぎ、ネクタイを外して大助に、ハンガーはないか、と問うた。大助がいい加減なのをとってきて渡すと横江は、「これは肩のところがつっぱらかってよくねぇんだがな。ま、しょうがねぇか」と裸の大助を見て言い、これに上着とネクタイを掛け、そしてズボンも脱いで丁寧に掛けた。なぜか襯衣《シャツ》は脱がなかった。そんな変な恰好で横江は言った。

「それでおまえのところで少し休ませて貰おうと思ってさ」

「なんでだ。俺の家はお休み処じゃねぇんだぜ」

「まあ、しょうがない。都心でこんな庭付きの家に住んでる方が悪いのさ」

「馬鹿言うない。固定資産税いくら払ってると思ってる」

「まあ、そう言うな。この暑いなか、背広なんぞ着て歩き回ってみろ。たちまち汗だくになって襯衣に脇汗が染みて見苦しい、公園のベンチで熱燗飲みながらピザ食った奴みたいな感じになっちまう。エアコンがなくても風が通って外よりはよほどいい。カフェなどに行っても二時間も持たぬし、ズボンや上着の裾も皺になるしな。夏物はことに」

そう言われて大助は、それもそうだな。と矛を収めた。殺害はもとより論難もやめようと考えたのだ。なぜなら横江の言うのがもっとも、そんな汗だくのヨレヨレで＊＊＊ホテルに行き、会議に出席するなんてとんでもないことだ、と思ったからだった。

もしそうなったら俺は、俺だったらもう行かないか、いっそのこと胸ポケットにあの……、とそう思って大助は庭の芙蓉に目をやった。大輪の花が先ほどから吹き始めた風にわなないていた。

「ああら、風向きが変わったんじゃない？　涼しい風が通るわよ」と横江、言って。

その横江を大助は嫌な目で見て、「そうだな」と言うと捨てた開襟シャーツを拾って羽織るときっちりボタンを留めた。

それは傍目には風が通って涼しくなったから襯衣を着たように見えたがそうではなかった。先ほどは横江の隆とした背広姿に向ッ腹を立て激情に駆られて開襟シャーツを脱いだのだが、横江がワイシャーツに猿股という、まるで間男のような姿になったうえは、自分はそれよりは増しな恰好をして優位に立ってやろう、という計算を働かせて大助は再び開襟シャーツを着たのだった。優位な立場に立ったつもりで大助は言った。

「おまえはなんで女言葉で喋るんだ」

「太腿を出しているので少しばかり色気を出そうと思ってな」

「よしたまえ」

「わかった。よそう」

横江はそう言ってうっとり目を閉じた。その横江を大助はまるで穢《けが》らわしいものを見るような目で見ていた。

その大助は先ほどは激情に駆られて襯衣を脱いでしまったとはいえ、服装、ことに男の服装はきわめて大事と考え、これを重視していた。だから皺になった背広で会議に出たくない、という横江の気持ちがよく訣ったのだった。だから殺害も論難もやめたのだった。

そのことを大助は横江に伝えたい気持ちになった。それをしないためには高度な知性とそれを統御する道徳性が必要であったが残念なことに大助にそれらは備わっていなかった。大助は言った。

「おまえの気持ちはわかるよ。いやといって、そんなことをして男だてら、三十面下げて、太腿を丸出しにしてクネクネ媚態を晒す気持ちがわかるわけじゃあないが」

「じゃあ、なにがわかるのかしら」

「汗だくになったり皺クチャになったりするのは嫌だ、というそういう気持ちだ。実際、俺にはその気持ちが痛いほどわかる。なぜなら服装、ことに男の服装は重要だからだ。男の価値は服装で決まるといって概ね間違っていない」

「中味はどうだっていいってのか」

「いや、もちろん中味は大事だが、どんなに中味がよくったってその包装紙が悪ければ見向きもされないし、中味はたいしたことなくとも立派に包装すればそれらしく見えると言っているのだ」

「つまり馬子にも衣装ってわけか」

「ま、どちらかというと馬子だから衣装というべきかな」

そう言って大助は横江の太腿をジロジロ見た。

「なんだあの護謨《ゴム》草履や短袴《たんこ》は。ビーサンつうのか？　ハーフパンツっつうのか。あんなものを着ていたら聖徳太子だって馬鹿に見える」

と、大助は激して言った。その通りだ、と横江が同調した。

「ショートパンツを穿いてサンダル履き、シャーツの前をはだけて、腹を丸出しにして、裾を風にはためかせている奴の姿を見ると、そしてそいつが口髭なんぞ立てていた日にゃあ……」

「どう思う？　死ねばいいのに、と思うのか」

「いや、まったく思わない。ただ僕はそういう恰好はしないでおこうと思うばかりだ」

そういう横江を見て大助は、「ほう」と言いそして、「可愛い奴だな」と言って横江の隣に行ってその肩を抱き、「なんでそう思う？」と問うた。横江は俯《うつむ》いて言った。

「貴様はさっき価値とか包装紙とか言ったろう。僕はもっと決定論的というのかな、それ以上のことが、男の場合、服装で決まると思うのだ。男は服装に気を遣うべきだ。そうしないと」

「どうなるんだ」

と耳に唇を寄せて問う大助の目を見て横江は言った。

「破滅する。僕は本気でそう信じている」

と言った。その横江に大助は狂おしい口調で問うた。

「本当にそう思うのか。だったら俺のこの開襟シャーツはどうなんだ。籾殻《もみがら》色の地にアホ色で鯉と丸亀と蓮を染め出した、この開襟シャーツはどうなんだよ」

横江は睫《まつげ》を伏せて言った。

「さっきも言ったろ。僕は自分が破滅したくないだけだ。他人の服装は僕の容喙《ようかい》するところではない。貴様とて同じことだ」

「枉《ま》げて言ってくれ。実は俺もおまえと同じ思想を持っていてなあ、だから開襟シャーツを着ているのだ」

「どういうことだ」

「ティーシャーツを着ると破滅するからさ。つまり、あんな丸首一枚で歩き回るのは短袴、護謨草履と同じくらいの破滅度合ってことさ。暑いから短袴、暑いからカットソーって、それぢゃあまるで獣じゃないか。そんな動物的な感覚を剝《む》き出しにして真に開明的な人間として生きることはできない。俺はそう思うのさ」

「なるほど。流石、貴様だけのことはあるな。けれども僕はそうは思わない」

「おや、そうかい」

「ああ。破滅しないティーシャーツの着方はある」

「マジか」

「マジだ」

「どうするのだ。教えてくれ。本当のことを言おうか」

「言えばいいんぢゃない？」

「俺だって本当はティーシャーツが着たい。あれは本当に夏向きの衣類だからな。でも破滅が恐ろしくて着られやしねぇのさ。だからこんな開襟シャーツなんて半チクなものを着込んでいる。それが俺の本音です」

「わかった。じゃあ教えよう。メモの用意は？　いいか。いいな。じゃあ教えます」

そう言って横江は以下の如くに語った。


僕がティーシャーツに抱いている根本の不満、というか、ティーシャーツを着たら破滅すると確信する、その理由はそこに印刷されたり、染め出されたりしてる文字、或いは絵、或いは写真などだ。それらはなにをどのように考えても珍妙で道理に反してしまうからだ。道理に反すれば人間は間違いなく滅ぶ。というか死ぬ。それも人間としてではなく、動物として惨めに死ぬ。なぜなら道理を失ったら人間はもはや人間でないからだ。

ではなぜ、それらの文字、絵、写真などが道理に反しているのかというと、一言で言うと、という一言で言うと、という文言自体が実は大問題となってくるのだが、それが、自分の思想や感情、もっというと内在的っていうのかな、自分の外側にはけっして出て行くことのできない自分自身を、その絵や文言によって表現、はは、表現しようとしている、みたいに見えてしまうことだ。もちろんなかにはそんな気は毛頭ないという人もいるだろうし、これは私のイズムです、という人もいるだろう。まあそれはどちらでもよくて問題は、見えてしまう、ということで、その結果によってその人は破滅してしまう。そしてその破滅そのものもまた道理で、そのプロセスは複雑と言えば複雑だが単純と言えば単純だ。これも一言で言うと、そんなティーシャーツ一枚で偉そうに思想を語った気になっていたら人間、破滅する。ということだ。

これを称して、道理に反して破滅した、と言うのだが、別の言い方をすれば、道理で破滅する訳だ、と口語的に言うことができる。

それを具体的に言うならば、そうさな、No War, No Nukesといった文字、または髑髏や怪奇映画の絵、物故した革命家やロックスターの顔写真、五芒星やクロスなど各種図案、やなんかはまず破滅への一本道でげしょうな。理由は右に言ったとおりだけど、これを訣りやすく言うと、No War と書いたティーシャーツを着て、上に革の上衣を羽織って往来を歩いているような人間は、まあ普通で考えれば、戦争に反対だ、と言って歩いているということになる。このとき彼は別に誰かに尋ねられたわけではない。つまりそれくらい反対ということだ。ところが同じ人間が就職の面接にこれを着ていくかというと絶対に着ていかない。ならば口頭で「俺は戦争反対です」みたいなことを言うかと思うとそれも言わず、就職が決まったらまた着て歩いて、「俺は以前から戦争反対でした」みたいな顔をして往来を歩く。つまり自分の弱いモチーフを服によって増幅しようとしているわけで、これはつまり刺青をちらつかせて人を威圧しようとすることと実はあまり変わらない。いやさ、そうじゃないさ。僕は別にその主義が間違っていると言っているわけではない。

文言の内容が、戦争賛成、でも同じこと、相応の覚悟もなしに雰囲気だけまとって、さも中味がある人間であるかのように取り繕うことが、その人を滅ぼすと言っているのさ。そして何度も言うが、僕はそれを苦々しく思っているわけじゃないぜ。え、なに？　じゃあ、なんらかのスローガンじゃなきゃいいんじゃないのかってか。いやさ、それも滅ぶだろうねぇ。なぜなら。うーん。それはですなあ、いやさ、僕は困ってはいない。僕は明確な意見を持っているよ。っていうのはそうそうそうそれが、大抵の場合、外国語だからだ。英語のものが多いように思う。これは母語ではない。母語ではないということは……、そう、たとえその意味が訣っていたとしても、その言葉を口にするとき自我の抑圧をあまり受けない。だから四文字言葉を口にする不良の楽士なども散見せられる。或いは性的ほのめかし。冗談。そうした言葉の奥底にあるものと自分の魂が繋がっていないのにもかかわらず、それに自分の人柄や魂を託す、という言葉はいいが代替させようとするのは、簡単に言ってしまえばファッションで思想や哲学を語った気になるのはいみじきひがごとで、さらには意味もわからず代替される剛の者もいるがこうした者は三日とは言わないが、まあそうさな、三年くらいのスパンで駄目になっていって最後は破滅する。

そのことを知ったうえでさらに批評的に敢えてベタな文言を、ときに母語で、乗っけているものもあるがそれが破滅へ向かう十六車線一方通行の道であるのは言うまでもない。

なに？　じゃあ柄物はどうなのかってか。それはつまり横縞、縦縞、格子縞、千鳥格子といったものになってくるのか、絞り染めとかな。それは、うーん、悪くはないんだろうけれども、やはり駄目だと思う。告白すると僕は十六歳の頃、毎日のようにボーダー柄のカットソーを着ていた。同じものを四着持っていた。ところがそれを真似する奴が現れた。そして僕がそいつの真似をしていると言い触らしたんだ。そしていつしか周りもそれを信じるようになってね。それで僕は最初は争ったのだが、次第に馬鹿馬鹿しくなってきてね、あれほど気に入っていたボーダーをよしたんだ。そしたらその後そいつは馬から落ちて無気力な男になって、よれよれのボーダーをいまだに着込んで、こないだはスーパーマーケットの入り口のベンチに腰掛けて外れたロト6を手にして粋がっていた。口にはシケモクくわえて。そして顔には死相が浮かんでいて、仲間もいるにゃあいるが油断のならない奴ばかりに見えた。なんでも起死回生を狙って地下格闘技の大会に出るらしいが、あの痩《や》せ方じゃ間違いなく殺されるだろう。

まあこんなことは証拠にならない。だが、こんな例は僕の周りにいくつもあるんだよ。だから柄物もよすに越したことはない。

じゃあ、どうやったらティーシャーツを着られるのかってか。ああ、そうだった、そうだった。それはでももう言わなくてもわかるだろう、そう無地さ。無地のティーシャーツを着ればよい、ただそれだけのことさ。そしたらそんな開襟シャーツなんてものは着なくてよい。

横江がそのように語って、大助は蒙《もう》を啓《ひら》かれた思いだった。「そうかっ。無地かっ。無地なら破滅しないのか」そう叫びたかった。だったらなにもこんな妙な鯉の開襟シャーツを着ないでもよかった。横江は俺をばかな男だと思っているに違いない。そんな不安な気持ちにもなった。その大助の不安な気持ちを表すかのように外が急に暗くなった。

「おまえは本当に可愛い奴だな。抱きしめてやりたいよ」

不安な気持ちを振り払うように大助はそんなことを言った。そして後でさっそく無地のティーシャーツを買いに行こうと考えていた。実際の話、大助は無地のティーシャーツを一枚も持っていなかった。

横江は庭を眺め、そして俯いてなにか考え事をするようだった。

と、そのときである。ぽっぽっぽっ。と透明な雨粒が落ちてきたかと思ったら忽《たちま》ちにして、ざあああっ、と車軸を流すような雨。縁側越しに見るそれはまさに滝で、大助は慌てて立っていって雨戸を閉め、部屋の中が暗くなった。

雨の匂いと蒸れた空気のなかに二人の男が閉じ込められた。大助がかすれた声で言った。

「電動雨戸にすればよかった。建築デザイナーは雨戸にすら反対だったが」

横江は俯いて震えていた。

「どうしたんだ。そんなに震えて。怖いのかい？」

「怖くなんか、ない」

そう言って横江は両手で顔を覆って畳に突っ伏して嗚咽《おえつ》した。

「さっきまで声高に服装論を語っていたおまえが急にそんなに弱気になるなんてどうした

のだろう」

そう言って大助は横江の髪を優しく撫でた。横江は手でこれを振り払うと上体を起こして、座り直し大助の眼を凝と見て、ややあって言った。

「貴様に頼みがあるんだ」

「なんだ、急に改まって」

「傘を貸してくれないか」

「なんだよ、傘くらい。もちろん貸してやるよ。つかやるよ」

「それと……」

「それとなんだ」

「上着とズボンを貸してくれないか」

「いいけど、なぜ」

と大助は不思議そうに問うた。横江は咄嗟《とっさ》に上手く答えられなかった。

「まあいいや。いま持ってくる」

そう言って大助は立っていった。

一方、横江は苦しんでいた。大助は、可愛い、とか言って誤魔化してその議論の本質に向き合うことを避けたが、横江は真剣であった。真剣に向き合っていた。横江はその服装が場にそぐわなかったり、或いは見窄《みすぼ》らしかったりする場合、自分の精神がいとも簡単に崩壊してしまうことを知っていた。彼の態度や物腰は服装によって容易に変化した。その結果、彼は人に侮られることもあったし、篤く敬われることもあり、その振幅は極端であった（と少なくとも彼自身は固く信じていた）。横江は思った。

もしこんな雨の中、背広を着て三町ほど離れた＊＊＊ホテルまで歩いていくなどしたらどうなるだろうか。ずぶ濡れになるに決まっている。そしてそんなずぶ濡れの背広で会議に出席したら僕はどうなる。もちろん嗤われ嘲《あざけ》られ、関節を決められて悲鳴を挙げ、断裂した靭帯の痛みにのたうちまわり二度と会議にも呼ばれない。といってタクシーも此の雨じゃ呼んでもなかなか来ないだろうし、しかも行き先は三町先、四の五の言って来てくれない可能性も大きい。だから大助に頼んで服を借り、スーツ一式は風呂敷か（これも借りなきゃ）に入れていくのだけれども、あんな変な鯉の開襟襯衣を着て涼しい顔の大助のことだからそれも変な服に違いなく、サイズも変だろうし、そんな恰好で＊＊＊ホテルの正面入り口を通るのは非常に嫌なことだ。それだけでも運気が滑落するのは間違いがない。なるべく増しなものを持ってくるとよいのだが。あまりにも変だったらサイズを理由に断って別のを持ってこさせるより仕方ないが、その新しく持ってきたのがもっと変でないという保証はどこにもないのだ！

雨は。雨はいや増して激しく、ときおり風に煽られた樹木の音に混じって、ざあああああっ、ざああああああっ、と、まるで怒濤《どとう》のような音が暗い部屋に響いてきた。


案ずるより産むが易し、とはよく言ったものだ。大助の持ってきた上着と洋袴《ズボン》は形は当世風でしゅっとしており、色も褐、灰の無地で、妙なプリントもなく、また大助は手回しのよいことにガーメントバッグも持ってきて、「これに着てきた背広を入れていけばよい」と言って手渡してくれた。

こいつはなにもかもわかっている。そう思って横江は耳や鼻が熱くなるのを感じていた。雨はいよよ激しく止む気配がない。

その瞬間、もはや言葉はいらない。と大助は思った。横江は黙ってホワイトシャーツの釦《ボタン》を外した。

「あ！」

と、大助が声を挙げた。声を挙げ、「そ、それは……」と横江の胸元を指さして絶句した。

「へ？」

横江が妙な声を出し、それから、「しまった」と声に出していった。

横江はインナーを着用していた。そのインナーを大助に見られるのが嫌で横江はホワイトシャーツを脱がなかった。けれども予測しなかった突然の大雨に度を失って狼狽《ろうばい》しているところへ、着替えを借りることができた安堵感から一瞬、横江はこのインナーのことをすっかり忘れてしまっていた。

インナーは萌黄の丸首ティーシャーツで、その胸元には恥ずかしいような英語の文言が黒文字で印刷してあった。

「面目ない」

たった一言、そう言って横江は黙った。大助も、

「なんでそんなことに……」

と言ったぎり絶句してしまった。

なんでもかんでもなかった。それしかなかったのである。いやさ、もちろん横江は自らの思想と信条に適合する無地のティーシャーツを複数枚所持していた。ところがこのところの暑さで外出すれば、いやさせずともしとどの汗。一日に何度も着替える仕儀と相成り、さて大事の会議で外出の今日、ふと気が付けば衣桁《いこう》・衣櫃《きぬびつ》にティーシャーツこれなく、それらはみな洗濯籠に沈んで、チストを深掘りに掘ってようよう出てきたがこの奇矯の一枚。

以前、友人が泊まった際、汗になったというので残していったのを、今度来たときに返そうと洗って仕舞い、そのままになっていた萌黄丸首ティーシャーツであった。

もちろん横江は躊躇した。こんなものを着て出たら破滅するし、よし破滅しなかったとしても会議で気の利いた発言をするどころかあらぬことを口走って満座の失笑を買う。ならばいっそインナーを着ないで直《じか》にシャーツを、とも考えた。しかしそうすると、乳の首、俗に言うチクビが透けて見えてしまい、それはそれで満座の失笑を買う。なかには休み時間中、巫山戯《ふざけ》て、「乳首ドリル」などと称し、ボールペンでグリグリしてくる御仁がいないとも限らない。そんな辱めにあったら自分はなにをするかわからない。全員を殺害してしまうかも知れない。

横江は若い頃、「家中みんな馬鹿なのか?」という題の詩を書いたことがあり、なかに、「家族そろって乳見せルック/家中みんな馬鹿なのか?」という一節があった。さほどに横江は乳見せルックを恐れ憎んでいた。

ええい。ままよ。見えたら嗤われるが、見えなんだら誰にもわかりゃしねぇ。どっちがより増しと言えばこっちがより増し。より増し→ヨリマシ→憑坐。ううむ。屁理屈を思いつかない。とにかく見えないということは哲学的にはどうかしらぬが満座的にはないということと同義。そのうえ乳首も見え「ない」。問題があるとすれば僕のモチーフの問題だが、それは努力と閑却によってなんとかなる。はず。いや、はずでは駄目だ。もっと信じないと。信。このことの重要性を法然は説いた。しかし自力の救済は否定した。しかしJポップは、自分への信、を頻《しき》りに説いている。しかし僕はそれも含めて阿弥陀の本願だと思うのだ。馬鹿なティーシャーツを着て汚れた精神をもったまま救われる。それを信じられるか信じられないか。それがこの外出に問われている。

横江はそうやって自分の心に決まりを付けていたのだ。

横江が出て行った直後、閃光、そして雷鳴が轟いた。雷鳴が長く尾を引くように響き、その後は静かな雨になった。

腐った花のような香の漂う座敷に大助は、長いこと、放心したように転がっていた。

あいつ、うまく話せるかしら。あんな体たらくで。

呟いて反対側に転がった大助のその視線の先に蛇が這っていた。

毒蛇に噛まれて死ぬ。また楽しからずや。楽しくねーよ。いやさ、楽しくはないがしかし……。数秒葛藤して大助は立ち上がって座敷を出て行き、それから柄の長い座敷箒を持って戻ってきた。

蛇はそのままそこにじっとして動かない。

おのれ。ここに居座って主となる心算か。そうはさせない。疾《と》く立ち去れ。いやさ、家から出て行けとは言わない。屋根裏か床下に住んだらどうだ。そしてそしてこの家の守り神となってくれたらうれしいな。いやさ、そんな甘い心根が俺の心を腐らせているのかも知れぬ。なんでも自分の都合のよいように考えて。そして甘えている。そしてそれを、信、と勘違いしている。だがそんなものは信でもなんでもなく、幼稚な思い込みに過ぎない。だから。そう。俺は蛇を追う。追って生きる。或いは噛まれて死ぬ。それこそが真の信。信心ということの本質だ。

そう考えることによって自分の内側、根源から湧き上がる恐怖心を宥め、大助は屁ひり腰で箒を突きだし蛇を追うた。けれども蛇はビクとも動かない。

動かないはずであった。

せんど突きだした後によくみるとそれは蛇に非ずネクタイであった。

なぜネクタイがそこにあるのかというと、そうそれは横江が忘れていったネクタイであった。

突然の雨。珍妙なティーシャーツの露見。乳見せ。そしてそもそもの時間の錯誤、取り違え。大助との心理的な押し引き。そんなことが重なって慌てた横江はいったん外したネクタイを置いていってしまったのだ。

言うまでもなくそれは外見を極度に気にする横江に恐ろしいことであるはずであった。もちろん横江はこれを、逆に渋い、と捉えようとするだろう。しかしそれが自己欺瞞であることを横江は誰よりも知ってしまっている。大助はネクタイを手に取り、だらん、とぶら下げたまま暫くの間、暗い座敷に立ち尽くしていた。

大助は立ったまま思った。

おそらく自らの姿を恥じた横江は会議を欠席するだろう。欠席してずぶ濡れになって家に帰りモスコミュールかなにかを飲み、そのまま眠ってしまうのだろう。夜は長いだろう。不吉な鳥が夜通し啼き眠れぬ夜は長いだろう。そして重要な会議を無断欠席したことで周囲から責任観念の欠如した奴と思われ、次第に孤立していって、そのなかで本人も気を腐らせ、ますます奇矯の振る舞いが多くなり、乱酔して人に議論を吹きかけ、自分でも気が付かないうちに目つきも服装もどんどんおかしくなっていって、自分で言っていたとおり最終的には破滅するのだろう。その前に俺の処にくれば俺は奴を抱きしめてやることができる。でもそうなってしまったら難しいかもしれない。そうならないことを祈るだけだ。俺は祈るだけだが。無理かも知れない。

という大助の予測はしかし当たらなかった。といって横江が助かったという訳ではない。というか事態はむしろ逆。

横江は大助方を出て十米ほど歩いて雷に打たれ、黒焦げになって絶息した。

つまり横江は自らが予言したところに従って死んだということになる。


あれからもう一年経つのだな。そう思った大助はチラと柱時計を見ると、お、もうこんな時間か。ならばシャワー浴びて髭をすってこないと会議に間に合わないな。そう言って座敷を出て行った。

部屋の隅の衣桁に背広とワイシャツとネクタイが掛けてあった。背広とワイシャツは大助の物であったがネクタイは。

あの日、横江が忘れていった濃緑色のネクタイであった。あの会議にこのネクタイを締めてこの俺が出る。そのことに意義があるのだ。大助は後任として議員に任命されたときからそう思っていた。

風呂場から戻ってきた大助は縁側に立ち、真白い庭を眺めた。苛烈な日が照りつけて気が狂ったような花だけがギラギラしていた。大助は紺色のボクサー型ブリーフを穿き、黄色のティーシャーツを着ていた。ティーシャーツの胸元には「Let it shine.」という青文字が印刷されて、あった。

大助は庭に背を向け暗い座敷に入り、暫くの間、衣桁の前に立っていた。それからいったん座敷を出てすぐ戻ってきた。

そのとき大助は白無地のタンクトップを手にしていた。そしてまた衣桁の前に立って汗を滲ませて一時間も動かない。外、急激に暗くなって。

立秋《りっしゅう》

初めて秋の気配が感じられる頃。

筒井康隆

蒙霧升降《ふかききりまとう》

深い霧が立ち込める候。
八月十八日から二十二日頃。

❖涼風至《りょうふういたる》
涼しい風が
初めて立つ候。
八月八日から
十二日頃。

❖寒蟬鳴《ひぐらしなく》
カナカナと
ひぐらしが鳴く候。
八月十三日から
十七日頃。

筒井康隆

つつい・やすたか

一九三四年大阪府生まれ。
一九六〇年SF同人誌「NULL（ヌル）」を創刊し、
江戸川乱歩に認められて創作活動に入る。
一九八一年『虚人たち』で泉鏡花文学賞、
一九八七年『夢の木坂分岐点』で谷崎潤一郎賞、
一九八九年「ヨッパ谷への降下」で川端康成文学賞、
一九九二年『朝のガスパール』で日本SF大賞、
二〇〇〇年『わたしのグランパ』で読売文学賞、
二〇一〇年菊池寛賞、
二〇一七年『モナドの領域』で毎日芸術賞を受賞。
二〇〇二年紫綬褒章受章。

草木も眠る片割れ時、思い返しては不条理感に悩まされる深夜の過去。あれは中学二年の秋だった。突然のようにホームルームなるものができて面食らう。ウサギの飼育について。屋上で飼っている山羊について。生徒会の立候補について。掃除当番について。なんだこれは。生徒だけであれこれかれこれ話しあって何が決まるというのか。決めるのは全部学校側じゃないの。変なことをするなあ。そうかこれは一昨年あたりから始まったラジオの街頭録音の真似だ。藤倉修一というアナウンサーが話したがらない素人を追いかけて無理やり意見を聞いて、それは例えば戦災孤児の救護について、新憲法について、官公吏に望む、越冬対策について、最近のラジオについて、電力問題について。素人にあんなこと聞いて何になるのか。自分が政治家になったつもりで喋ることができるからだろうか。それにしてはろくなことを言わない。湯川秀樹がノーベル賞を取った時もずいぶん変だった。パイ中間子理論なんて、大学を出たくらいで理解できるわけがないのに新聞では懸命に解説していた。例え十ページ二十ページの紙面を費やしたところで誰に理解できるというのか。まるで誰にでもわかる科学でないならノーベル賞の価値はないとでも言いたげな新聞。凡人はただ冗談にするしかないのだ。ストリッパーが股間を指差して客に「局場所理論」の講義をしている漫画を横山泰三が描いていた。新聞の紙面としてはあれが唯一の正解ではなかったか。

青い山脈水割り桜、わが青春時代に普通の性欲を否定するチャタレイ裁判。最高裁が示した猥褻性の三原則は高校生にも不可解。徒《いたず》らに性欲を興奮又は刺戟《しげき》せしめ、且つ普通人の正常な性的羞恥心を害し、善良な性的道義観念に反するもの。なあにが文藝裁判だ。これだとごく普通のエロじゃないのか。当時の大蔵大臣・池田勇人による「貧乏人は麦を食え」という発言が新聞の見出しにでかでかと出た。本当は「所得に応じて、所得の少い人は麦を多く食う、所得の多い人は米を食うというような、経済の原則に副《そ》つたほうへ持つて行きたい」と言ったらしい。確かに現代では差別的だとして問題にされそうな言説だが、あの辺からどうやらマスコミがおかしくなってきたなあ。わかり易く、なるべく刺激的で、しかも一般受けする見出しを掲げて売ろうとしはじめていた。そう思わないかトンボリ君。さあねえ。難しいこと訊くなあ。ぼくはそれほどとは思わないけどなあ。伊東絹子がミスユニバースで三位に入賞したけど顔がなんとなく平面的でさほど美人とは思えず、好みではなかった。あれは八頭身という抜群のスタイルを戦後の新しい日本人女性の姿として喧伝しようとしたための不自然さではなかっただろうか。いや。ぼくは好きだけど。日本的な顔で。

ええっと。あの翌年の映画の第一位は「二十四の瞳」で二位が「女の園」で三位が「七人の侍」だった。えっ。なんで「七人の侍」が三位なの。今から見てもオールタイムベストじゃないの。いやいやトンボリ君さあ、そりゃあ「二十四の瞳」、いいよ。ぼくは「女の園」の方が好きだったけどね。でもそれにしてもねえ。日本人が木下恵介好きだったからじゃないのかなあ。鳩山首相が「軍備を持たない現行憲法には反対」と答弁した時は、あれえっ、この人戦争したいのかなあと思ったんだったけど、いや、てっきりそうだと思い込んでいたんだけど、あとで、そうじゃなくって自衛隊はどう見ても軍隊だから憲法改正が必要だと言っているのだってことがわかった。こういうややこしさは昔からあったなあ。フランク永井の「有楽町で逢いましょう」が大ヒット。ええっ。これ、そごうのキャンペーンソングじゃなかったの。宣伝の歌だろ。当時の感覚では違和感があった。その違和感の理由、この時はまだ不明。三笠宮崇仁親王が、紀元節を「日本建国の日」として復活させようという動きに、考古学者・歴史学者としての立場から「神武天皇の即位は神話であり史実ではない」として強く批判したため新聞に「赤い宮様」と書かれちまった。ひやあ、聞いたかトンボリ君、宮様でも共産主義者だと誇張されちまうんだぜ。でもおれたちデモなんか行かなくてよかったなあ。あれで岸内閣は総退陣しちまったけど、樺さんみたいに、殺されたんじゃなあ。でもでもデモの効果はあったんだよなあ。おれはノンポリだけど、でもなんかおかしいなあという感じはあった。もっとおかしかったのは右翼少年という存在だ。どうすればああいうおかしな存在が出現するのか。行動で示す以外何をどう言っていいかわからぬ魯鈍者だったのだろうか。浅沼稲次郎を刺し殺してどうなるというんだ。自分はどうせ自殺するんじゃないか。小説になったりもしたが、まさに虚構化するしかない存在だったな。右翼テロはこの頃多かったし、これの少し後に嶋中社長の恐怖演説というのもあったけど、あれも社会への影響になるのか。あのう「社会への影響」という議論はおれ、ほとんど信じないんだよね。だっておれ当時からずっとブンガク茶釜だったから。

ああ。そんなことあったあったあった。でもキューバ危機の時はおれ装飾の仕事やってて毎晩徹夜だったからまったく知らなかったんだ。あとであんなヤバい時にいったい何してたんだって言われたけど、それはあとになってからだもんね。何も知らなかった人もたくさんいたんじゃないかなあ。知らなかったことをあんなに責められたってなあ。あの頃からニュース知らないと馬鹿にされるような、なんだか不自然な風潮になってきたなあ。だけどケネディが殺された時は家にいたよ。お袋がたまたまテレビ見ていて「えらいことやあ」と叫んだので、寝ていたけど吃驚したんだ。そういう世界的大事件を知らなくても生きて行ける世の中であることを不思議に思わせる異様な傾向があった。これが太平洋を越えてきたテレビの宇宙中継最初のニュースであったことから、殊更にそう思わせようとしたのではないだろうか。いや誰がとは言わないけど。

この頃から始まったフジテレビ系列の「新春かくし芸大会」はずいぶん不快だった。本職の芸さえつまらないタレントが一夜漬けの芸をやる奇怪さ。正月前の多忙さのために稽古している時間がどんどんなくなってきて最後はひどいことになり、そのうち「これだけ一生懸命やったのに」という審査員への泣き落しが功を奏し始めたのでもういけません。打切りになっちまったけどずいぶん長く続いてたなあ。あれずっと見てたかいトンボリ君。あっそうだね、日本テレビ系列の「踊って歌って大合戦」というのもあった。あれは曲がりなりにもタレントのやる「かくし芸」と違って素人に踊らせ歌わせるというひどい番組だった。そういう番組もありなんだと思わせる時流に乗ったつもりだったんだろうがさすがに低俗番組だと糾弾されて早早になくなった。この頃からそろそろ、槍玉にあげられるとそれを利用するのではなく、すぐに引っ込めはじめたんだよね。佐藤内閣の黒い霧解散というのがあって、それ以後、中曽根総理の死んだふり解散、小泉総理の郵政解散、野田総理の近いうち解散、そして現代まで来て安倍総理のアベノミクス解散と続き、主な解散では必ず自民党が圧勝するという奇妙なパターンができた。おっ。黒い霧か。この霧というやつ、ずっと気になってるんだけどね。川端康成、石川淳、安部公房、三島由紀夫なんて人たちが文化大革命に対する抗議声明を発表したけど、ねえトドカベさん、文藝出版社の編集者としてどう思いますか。そうですねえ。あんなものを批判したってしかたないでしょう。文化のわからぬ連中がやってるんでしょう。日本の最底辺の連中を文化がわかってないって言って批判するのと同じことでしょう。あの人たち、自分らを理解しない連中に苛立ってあんな声明を出したんじゃないかな。そのうち日本でも文化を破壊しようとして文化人へのいじめを始める若い奴らがあらわれますよ、もう始まっているんじゃないかな。あははは。タレントや作家などが議員として大量に出現しはじめたのもこの頃か。石原慎太郎、大松博文《だいまつひろぶみ》、今東光《こんとうこう》、青島幸男、横山ノックたちである。大衆社会と言われはじめていたこの頃、そんな社会に強烈な違和感を覚えていたのだったが、その答えをおれはダニエル・J・ブーアスティン「幻影の時代」に見出したように思い、「東海道戦争」など疑似イベントものの作品を書き、発表した。トドカベさん、一緒に東大へ取材に行きましたよね。あの東大に機動隊八千五百人が導入されましたよ。学生が安田講堂などを占拠したんです。いやもうおれは取材になんか行きません。おれノンポリ。だって攻防戦の真っ最中でしょ。いやいやご勘弁を。でもあれってやはり、大衆社会になったからなんでしょうかねえ。学生たち、暴れてもしかたがないってこと、わからなかったのかなあ。それも後だから言えることなのかなあ。あの頃から映像が虚構だか現実だか、現実めかした虚構なのか虚構のように見せかけた現実なのか判然としなくなってきて、矢吹丈との戦いで死んだ力石徹の葬儀をほんとにやっちまったんだものねえ。

あれ、初めてでしょう、架空の人物の葬儀を実際にやるのって。それも講談社の講堂でやったんだ。あっちは安田講堂でどっちも講堂でフィクション、フィクションした感じでおれは記憶している。そして少しの時が過ぎて浅間山荘事件。山荘をずっと映し続けていたテレビ画面、あれテレビ局は実況中継しているつもりだったんだよね。ストーリイの展開がないまま視聴者だっていつまでもいつまでも眺め続けていた。あれって何だったのかなあ。いつ何が起るかわからないからだったのかなあ。あれが大多数大衆の期待に応えることだったのかなあ。だとしたら、テレビって何なんだろうね。そう言えばあの頃おれは23時ショーというつまらない番組の司会を務めていたのだった。局がNETであり、日本教育テレビともあろうものがおかしな番組をやる筈がないと思ってうかうか引き受けたのだが、加賀まりこと二人で司会した番組の内容と言ったら。あああ。深夜のアダルト向け娯楽ショーと謳っていたが、過激なお色気を売り物にしたこんなエロ番組に出るんじゃなかったと悔み、それは確かに政治など硬派なテーマの時もあったけど、あまりにもひどかったので半年で降りた。あの頃は各局競争でああいう番組を作っていた。これが視聴者の期待に応えるものである、おれたちのやり方が正しいのだと思い込んでいる局のスタッフ連中の威張り方もひどかった。ねえねえトドカベさん、この煙草のパッケージ見ましたか。「健康のため吸いすぎに注意しましょう」って、自社の製品を臆面もなく褒めちぎる厚顔な時代ですよ。なのに自社の製品の悪口をその製品に書くという神経。この両極端はなんですか。それほどまでに大多数は強くなってきて、それを気にせずにいられなくなったんですか。えっ。その違和感を作品に書けってんですか。じゃあまあ、「最後の喫煙者」というタイトルの短篇でも。あはは。東京地検によって「四疊半襖の下張」を「面白半分」誌に掲載した野坂昭如らが起訴された事件があったけど、丸谷才一が特別弁護人に選任されて五木寛之、井上ひさし、吉行淳之介、開高健、有吉佐和子らが証人申請されたもののすべては無駄に終り、結局はチャタレイ裁判と同じ結果に。それでも前回と異なり、ずらり登壇した多弁多彩な有名作家たちとマスコミ大衆に配慮してか判決文には奇異な文言を何やかやと付け加えていた。変だったなあ。

マスコミの力を誇示した映画「大統領の陰謀」によって、密告者をディープ・スロートとして描き、恰好よい存在にした。あれから内部告発が増え始めた。内部告発イコール愛社精神という変な論理だ。密告者はマスコミにとって金のなる木だもんね。稲葉法務大臣が「現行憲法は欠陥が多い」と発言して問題になったけど、いつまで経っても欠陥がないままの憲法なんて存在しないでしょうが。あれは法務大臣が言ったから問題になったんでしょ。そうそう。百里基地訴訟では水戸地裁が自衛隊に関して憲法判断の必要はないと判断したんだっけ。合憲とも違憲とも言ってないんだったなあ。でも違憲だとした住民が負けちゃった。結局、合憲ってことなんじゃないの。

キャンディーズが後楽園球場でのコンサート「ファイナルカーニバル」をもって解散。「普通の女の子に戻りたい」というのは本心ではなかったのか。タレント活動を続けたではないか。ただ疲れただけだったのか。これに類似の科白《せりふ》や事件はいくつかあり、いちいち騙された気がしたもんだ。ピンク・レディーの時などはひどいもので、解散公演のあと何度も期間限定の再結成を繰り返した末、三十年経ってから解散はなしとして永続することとしたのだ。ドラフト指名制度というのは選手に球団を選ぶ権利を与えない不愉快な制度である。もしおれが講談社から指名を受けて、新潮社にも文藝春秋にも書けないとなればどんな気持ちになることか。江川が「空白の一日」を利用して巨人と突如契約を果たした時には「頭良い」と快哉を叫んだものである。なのにこれを糾弾する言説が多かったのはやはり日本人だからか。日本のマスコミだからか。ドラフト制度は日本人向きの制度だったのか。この頃からだったか、いじめによる自殺が頻発したが、いじめた生徒やその家族の記事はほとんど出ないという奇異な報道が現在に至るまで続いていて同種の事件はあとを絶たない。家族会では、いじめた生徒の父親が非難される息子を庇い「息子が自殺したらどうするつもりだ」なとど絶叫。言論の自由もここまで来れば立派なもので、もはや誰も何も言えまいね。こんな父親の息子は絶対に自殺などしない。もうすぐ春ですねえ。ちょいといじめてみませんか。

ＴＢＳが「クイズ１００人に聞きました」というクイズ番組を始めた。一般人１００人に対して行ったアンケートの結果を推測して答えるという変なクイズだった。一般人がどう考えるかを考えるという、もとネタはアメリカのテレビ番組らしいが、まさに大衆社会にどっぷりの番組で「あのう、それ、どうでもいいことでしょ」と突っ込みたくなったものである。やあ久しぶりだねトンボリ君。えーっ。黒澤明の「影武者」がカンヌ国際映画祭の最高賞を受賞だって。だってあれ、黒澤の駄作ナンバーワンでしょうが。黒澤への授賞、だいたいが遅過ぎるんだよ。今まで受賞させ損なっていたからっていうんであわてて受賞させたの見え見えでしょうが。これは厭《いや》でしたねえ。黒澤監督のためにも、カンヌ国際映画祭のためにも。いりませんよそんなもの。なんですか義理チョコって。ふん。蔭でこっそり言ってる分にはいいけど、堂堂と「義理チョコ」なんて言うのは開き直りも甚だしい。そしてやがては「義理チョコ」として売り出されるんだもんね。それを認める日本人も愚かなもんだ。まだツイッターもない時代なのに、この頃からそろそろ全国的に大掛かりな嫌がらせが流行しはじめた。ご存じ隣人訴訟である。留守をするので隣家の夫婦に預けておいた息子が、近くの溜池で溺死した。両親は隣家の夫婦を訴えたが、「近所づきあいに冷や水をさすのでは」といったマスコミの論調もあり、全国から卑劣な嫌がらせが殺到したため原告は引越さざるを得なくなり、はては訴訟を取り下げた。腹が立てば訴えればよいという考えもどうかと思うが、やはりいやなのは惻隠の情がなくなってきて大多数の暴力が日常になることである。

新語・流行語大賞の顕彰が始まった。この年の流行語大賞は渡辺和博の「マル金・マルビ」。バブル直前の時期だったが、同じ人気職業の中でも金持ちと貧乏人がいることを表現しただけだったのに、マスコミはこれを一般大多数に敷衍した。金持ちと貧乏人がいる。当り前ではないか。そしてその翌年の新語大賞は「分衆」。経済的絶頂期目前の日本社会の自信を表したとされる新語である。日本人の価値観は多様化・個性化・分散化してきたとし、従来の均質的な大衆ではなく分衆が生まれたとした。勿論定着せず。おれも含め、日本人はいつまでも均質的な大衆である。そしてその翌年は「新人類」が流行語大賞。昔から存在する言葉で、筑紫哲也や栗本慎一郎も使っていたが、特にこの年は西武ライオンズにおける清原和博、工藤公康、渡辺久信など若手を指して言われた。無論最初は単に理解不能な若者を否定する言葉だったしこれ以後の使われ方もそうだったのだが、のちの「人新世」のような地質学的考察はいっさいないままの命名である。マスコミは人間を規定するのが大好きだが、その新人類が歳をとると新人類でなくなるのは何故かを言わない。若いの若いの飛んでゆけーっ。

臨教審最終答申で国歌と国旗を尊重するべきことが提唱された。国歌と国旗、民族主義につながると言って反対する人がいるけど、そうなのかなあ。「君が代」は「天皇の世」だからいかんと言うけど、それこそ「君」は「恋人」の意味だと思っときゃいいんじゃないの。

あはは。男女雇用機会均等法の施行以来、子連れ出勤の是非の議論、特にこの年はアグネス論争などがあった。彼女は番組の収録に赤ん坊をつれてきたのだが、そもそも局から出演を懇願され、子連れでもいいからと言われたためだ。無関係の者が眼を吊って論じるほどのことか。批判派、擁護派、どっちにも違和感あるなあ。昭和天皇が崩御された日、おれは皇居の向かいにある銀行の最上階大ホールで講演する予定だったのだが、自粛とやらで中止にしたと告げられた。腹が立ったので、ではこのことをエッセイに書くと宣言したところ、講演料は渡すということであり、折り合った。マスコミの勝手な忖度による自粛ムードは天皇存命中からあり、多くのタレントに迷惑を及ぼしていたのだった。日本相撲協会が女性初の内閣官房長官森山眞弓による総理大臣杯授与を拒否したが、これは当然だろうねえ。相撲の魅力は第一に封建的ロマンだ。男女同権なんてとんでもない話なんだよ。相撲協会が批判されること自体、封建的ロマンなんだろうねえ。カンリツ君カンリツ君。朝日新聞朝刊で連載されていたサトウサンペイの四コマ漫画「フジ三太郎」だけどねえ、終っちゃったねえ。あれ、サラリーマン差別だって言われて評判悪かったねえ。本当のこと言うと差別だとされるの、あの時代からだったなあ。おれには面白かったから悪口読むたびに変な気分だったなあ。日本共産党が野坂参三名誉議長を解任のちに除名。えーっ。百歳にもなる歴史的な偉人じゃないの。アメリカのスパイとかソ連のスパイとかいった単純なもんじゃないでしょうカンリツ君。まあ共産党にとってはソ連から自立している証拠にしたかったんだろうね。青島幸男が東京都知事になり、横山ノックが大阪府知事になり、死んだばかりの渥美清に国民栄誉賞が贈られ、虚構と現実がますます近づいてきた。渥美清の場合は特に、寅さんに対する賞であったろう。寅さん以外に当り役はないのだから。

マスコミの取材がますますひどいことになってきて、東電ＯＬ殺人事件では社会問題にまでなった。暴力的なインタヴューをするテレビの画面を見ていて腹が立ち、ゲバ棒で殴り込んでやろうかと思った後藤明生のような作家もいた。君が代斉唱や日章旗掲揚に反対する教職員と文部省の通達との板挟みに遭って、ついに広島県立世羅高等学校の校長が卒業式前日に自殺した。これがきっかけで国旗国歌法が成立したが、強制力はない、と小渕総理大臣は言う。その小渕総理が病に倒れ、森喜朗が総理となり、うそつき発言を皮切りに神の国発言など失言を連発。マスコミから嫌われてついに退陣。大衆社会とマスコミ社会の境界が次第になくなってゆく。これはだいぶ前からだけど、ワイドショーと報道番組がくっついてきて、専門家でない人や芸能人が当り前のことをできるだけたくさん他の人の言うことを聞かず狂ったように喋り始めた。こっちはただニュースを知りたいだけなんだがなあ。あっ。これは知っているぞ。そうだ、昔のホームルームだ。街頭録音だ。これもポピュリズムだろうか。いみじくも小泉内閣がワイドショー内閣と呼ばれはじめている。ああ。なんだかいやな黒いものが立ち籠《こ》めてきたが、これは何だ。そうか霧か。ウンベルト・エーコにも霧に魅せられた男を主人公にした小説がある。「本で霧の描写に出くわすと余白に印をつけてた」というそんな男は言うのだ。「霧の中にいるみたいだ。霧が見えないだけでね。自分以外の人たちが霧をどんなふうに眺めたかはわかるよ」この霧というのは見えにくくなった過去のことなのか。おれは嫌いだなあ。この霧、いったい正体は何だろうねえカンリツ君。マスコミかなあ。大衆かなあ。ポピュリズムかなあ。でも霧そのものは見えないんだよね。日本テレビ社員による視聴率不正操作事件が発覚。これ、もっと早く起っていても不思議ではなかったなあ。イラクの日本人人質事件では自己責任論が強まり、家族や本人への猛烈な誹謗中傷があった。「どうせ共産党でしょ」とか「何様のつもり」とか。外国人記者たちは記者会見における家族のおびえた様子を見てショックを受けたらしい。これが日本の大衆社会だ。そして本屋大賞が始まった。そもそもは直木賞受賞者が出なかったことに怒った出版社社員が始めたらしい。「全国書店員が選んだいちばん売りたい本」をキャッチコピーにした。ねえカンリツ君。これは文学賞の評価基準に資本主義が導入された最初の例じゃないの。えっ。違うの。うーんそう言えばそうか。でもさ、ケータイ小説のブームで年間ベストセラーランキングでトップ3を独占したあれは何だったの。やはり大衆社会だからでしょ。ああ。東日本大震災による風評被害ね。あれは正確には報道被害じゃないの。「国民の生活が第一」という名の新党が結成されたけど、北朝鮮じゃあるまいし身もふたもない党名。これ、当り前でないの。平成二十四年に体罰をした教員は約六千七百人、体罰を受けた生徒は約一万四千人と判明して下村文科大臣が「恥ずべき数字」と言ったが、昔ならもっとあっただろうし、むしろこれだけの数、表沙汰にするようになったことが驚きだ。裁判員制度でいろんな問題が出てきたなあ。昔「12人の浮かれる男」というのを書いたが、あれは無罪になる筈の被告を死刑にして面白がるという話だった。だけど実際には一般の人たち、そんな余裕なんかなかったんだ。リベラルかあ。あれもすぐに戦争反対でしょ。革新や左翼との関係を絶つったって、共産党寄りでしょ。よくわからんなあ。政治ネタが多いからもう流行語大賞をやめようと言い始めた人たち。

そして角界の暴力事件が表面化する。あああ。相撲の魅力は封建的ロマンにあるんだがなあ。「忠臣蔵」でもわかるように、悲しいかな封建的ロマンには暴力や死がついてまわるのですよ。しかしテレビはじめマスコミはこれを民主主義で論じた。そうか。違和感の原因は民主主義でこそあったのだ。ホームルームこそが戦後民主主義の走りだったのである。街頭録音に始まる奇怪さの連なりこそは民主主義であった。そうか。本屋大賞は資本主義の導入などではなかった。あれこそ民主主義だったのだ。おお。この立ち籠める霧。これこそ民主主義。今こそわかったぞ。何やら模糊模糊として見えるものも見えなくし見えないものを魅せていた正体が。でも厭なんだよねえこれ。どうも好きではない。不快である。いったい民主主義は愚民制度なのかポピュリズムなのかポピュラリズムなのか。そう言えば有名な女性の歴史学者や女性のジャーナリストも言っていた、ナチスだって民主制の中から生まれたのだと。だから独裁制につながり、だからこそ危険なのだと。じゃあいったいどうするのカンリツ君。えっ。他にも民主主義が嫌いって作家がいるの。そうかあ。でもさ、なにか民主主義に替わるものがあるの。そうなんだよねえ。今のところ、代替できるものは何もないんだよねえ。民主主義を今や敵と看做《みな》すべきだという哲学者が何人もいるらしいんだけど、こっちは単純に嫌いなだけだ。このいやな世の中、死ぬまで、どうやって時間を潰せばいいんでしょうかねえ。

処暑《しょしょ》

暑さが少しやわらぐ頃。

長野まゆみ

綿柎開《わたのはなしべひらく》

綿の実を包む萼《がく》が開く候。

八月二十三日から二十七日頃。

❖天地始粛《てんちはじめてさむし》

しだいに暑さが収まり始める候。

八月二十八日から九月二日頃。

❖禾乃登《こくものすなわちみのる》

田に稲が実り穂を垂らす候。

九月三日から七日頃。

長野まゆみ

ながの・まゆみ

東京都生まれ。
一九八八年『少年アリス』で文藝賞を受賞しデビュー。
二〇一五年『冥途あり』で泉鏡花文学賞、野間文芸賞を受賞。

昼さがりの屋上ベンチで、ながめるともなく雲をながめ、香ばしいパンを味わう時間をたのしんでいた。晴天だが、雲はあわただしく湧きたっている。湾岸に建設中のビルのスケルトンごしにわずかだが青い海がみえ、高所クレーンは吊りあげたなにかを雲のなかへ埋めこんでいた。

むやみに発達した積雲のひとつが、高層ビルをはるかに凌駕してそびえている。上空に寒冷地があるらしい。いわゆる入道雲は、対流の高速エレベーターに乗ってあの高みへ到達する。オフィスビルの最上階にあるレストラン街をめざしてエレベーターに乗りこむランチ族と同類なのだ。

風が吹き、足もとの木漏れ日がながれた。葉ずれの音は潮騒にきこえる。シマトネリコ、オリーブ、コニファー、シャラノキなど、無国籍な緑陰だ。それでも蝶は舞う。ここはオフィスと商業施設が入居する複合ビルの屋上で、人工的な緑陰をつくってある。ゆらぐ光の渚を、ふいに人影がおおった。

ビル内にあるデリカの袋を提げている男は、同僚の原島だ。四つ年長で、以前はチーフと呼んでいたが、去年の株主総会で社長がかわり、社内での肩書の呼称が撤廃された。役員もふくめてぜんぶ「さんづけ」となった。だから「原島さん」だ。向こうはぼくを「田口」と呼ぶ。こちらも、「田口さん」と呼んでほしいとは思わないから、それでけっこうだ。

となりへ坐ってもよいか、と目で問われ、おなじく声をださずにうなずいた。午后は、つれだって取引先を訪問する予定だが、打ちあわせはすんでいる。原島は惣菜と主食がワンパックになった小ぶりの紙箱を袋からとりだして食べはじめた。この男はどうして冷房のきいたレストラン街ではなく木陰でも気温三十度ごえの屋上ランチを選んだのだろうか？

さきに食べ終えたぼくは、麦の穂の絵柄がついたベーカリーの紙包みをたたむ。正方形の紙だった。風船を折りたくなり、ひろげてシワをのばした。四つに折り、ひろげながら三角形をつくる……。

しばらく無言で箸をうごかしていた原島は、ボトルの冷茶を飲みほしたあとで「エレベーターのなかに蚊がいた」と報告した。この真新しいビルで――が省略されている。自分はヤモリを見たことがある、というのをやめて、折りあげた風船に空気を吹きこんだ。

原島は、蚊だの翅虫《はむし》だの、豆粒ほどの甲虫だのがオフィス内にいるのを見逃せないタイプなのだろう。虫退治の現場を目撃したわけではないが、部下がもってきたクリアファイルに静電気ではりついていた一本の髪の毛を養生テープでとりのぞくのは見たことがある。もしかするとクロサキを殺せない、どころか怖がる部類かもしれない、とよもやの軟弱な一面をかくしている可能性についてかんがえた。

クロサキというのは、ぼくの家族のあいだだけで通じる隠語で、黒々したさやのような翅を持つあの厄介者のことを指す。

「で、あのお姉さんの下の名前は？」

やはり、そこか。とりいそぎ、先週末まで記憶を巻きもどすことにした。クロサキを退場させて、姉だけを抽出する。長身、細身、長い髪。ハスキーボイス。天然素材の服を好んでいるが、なぜか絹にはかぶれる。添加物をつかった食品は口にしない。とはいえ、子ども時代は母親が買ってくるソルビン酸漬けの時短食品で育てられた。実家の冷蔵庫は、いつでも冷凍室にだけ豊富に食品がつめこんであった。

「真麻《まお》」

上の名前は訊ねなくてもよいのか、とうながすのはものごとがややこしくなるだけであるのでやめた。それに、原島は姉が結婚指輪をしていないのは確認ずみのはずだ。そう思い、漢字でどう書くかだけを伝え、ぼくとは苗字がちがうという説明ははぶいて口をつぐんだ。姉は、相続の都合で祖母の養子になっている。だから、ぼくとは苗字がちがう。しかし、訊ねられもしないことを、告げる必要はない。

この一週間ばかり、ぼくは夏の休暇をとっていた。きょうはその休暇あけの初日だ。旅行や行楽にはでかけず、姉が営む小さな美容室の手伝いをした。そこの従業員が休暇をとっているあいだの助手だ。必要な資格はもっている。それは姉に学資を援助してもらう交換条件で学生時代に取得した。

姉の店は、郊外のK駅の駅前通りを一本はずれた三角地にある。洗髪ボウルはひとつ、椅子は二つ、という小さな店だ。もともとは祖母が開業した。若者の足ならば改札口から十分ほどでたどりつく好立地だが、彼らとはあまり縁がない。祖母の代からの高齢の婦人と姉が開拓したあらたな顧客とでなりたっている。

十年ほど前、古希をむかえた祖母が引退し、マダムが集う都心のサロンで人気者だった姉がそこをやめてあとをついだ。彼女は腕がよく、遠方の顧客をふやした。だが「友だちからの紹介で」と電話をかけてくるのがふつうであって、通りすがりの客はめったにこない。むろん、SNS以外は宣伝手段もない。そんな店へ、なぜか原島がはいってきたのだ。

タオル類の洗濯をしかけていたぼくは、バックヤードへ逃げこんだ。どのみち、せまい店内に居場所はない。小さな店の二階は休憩室をかねた事務所になっている。その外に日陰のテラスがあった。ビルの谷間で、日は午前中しかさしこまないが、なぜか風通しはよい。となりの高層マンションからビル風が吹きおろすのだ。

昼休みは刻々とすぎてゆく。雲はさらに塔を積みあげた。このぶんでは午后は雷雨になる。原島に傘を持つよう提案するかわりに、ぬれて歩く姿を連想してしまった。時計を確認する。あと三十分。

ぼくの名前は木綿《ゆう》で、絹十《けんと》という名の年子の弟がいる。取引先の社員だから、原島も当然知りあいである。

「なるほど」

そのあいづちは、麻、綿、絹を一文字ずついれこんだ名前をもつ姉弟への、遠まわしの同情のようにも聞きとれた。呆れるのがふつうだと、ぼくも思う。

「古風でもあり、グローバルでもある。合理的な名前だ。両親も苦心したな」

ものは云いようだ。

「無学なだけですよ。見識のある親は子どもにこんな名前はつけません。たぶん、糸へんの綿のほかに、木へんの棉という字があることもしらなかったはずです」

「糸へんの綿は本来、繭から採る〈まわた〉のことだからな」

へえ？　それを知っているとは、意外な気がする。

屋上フェンスのむこうの、ひらけた空は晴れわたっている。雲の塔はいまのところひとつだけだ。ほかの雲は扁平にひろがっている。スピカがかがやいているあたりに目を凝らしてみたが、むろん真夏の太陽はすべてを消し去っていた。しかし、そんなことを話題にする相手として、原島はたぶんふさわしくない。同僚になって三年目だったが、個人的なことはほとんどしらない。職場でのふるまいから、あるていど想像するだけだ。

オフィスビル内には多くの横文字企業がショールームや代理店をかまえ、昼どきともなればICカードを首からつるした男女がデリカやコンビニエンスストアや、ランチセットを提供する店の外で行列をつくる。そうした祭の広場のようなところをパトロールするのが、原島の趣味なのだ。つまり、遊び相手をみつけるのがうまい。

おそらく独身だが、それもさだかではない。多国籍企業の社員であることの利点は、個々の技能や知識のレベルはチームで共有されるかわりに、私的な部分は情報交換しなくともよいことだ。ぼくの服の好みがどうであろうと、だれもなにも問わない。疑わしさは抱いているだろうけど。

原島は呼びだしの多い男でもある。いまもどこかから電話がかかり、その応対をしている。ぼくは屋上テラスのスタンドカフェへ行くことにしてベンチから立ちあがった。腕をつかまれる。原島はカフェのプリペイドカードをさしだした。おれのぶんと、おまえのぶんをこれで買ってこい、という意味のしぐさをする。「ごちそうになります」と云ってあずかった。

このカフェは店主が頑固者で、ホットのマスターブレンドしかない。アイスは邪道だときめつけている。たしかに、コーヒー豆の産地の人々は気温四十度の乾燥地帯で、粉にして煮たてた熱いコーヒーを飲むのだ。

毎朝の天気と気温にあわせ、マスターは数種の豆をえらんで焙煎したものをだしている。原島は冷房のきいたオフィスへ持ちかえって飲むつもりだろう、と推測して自分のぶんとあわせて紙袋にいれてもらった。

原島はブラック派だ。そのコーヒー党が、なじみのない町で遠目にメニュー看板の「café」という筆記体の文字をみつけ、喫茶店にはいるつもりで扉をあけた。しかし、実際には「cut」と書いてあったのである。

「そういう人、あんがいいるのよ」と姉は云う。屋号は「スワン美容室」だ。ただし、その看板があったのは祖母の代かぎりで、いまは大きな文字でSwanとかかげ、かたわらに小さくhair salonと添えてある。姉が店主になったさいに、北欧風のニス仕上げの木製扉と横長のはめこみ窓をとりつけ、鏝《こて》塗りのオフホワイトの外壁にした。スワン・カフェと読みまちがえても不思議はない。それに実際、原島がはいってきたときはコーヒーの香がたちのぼっていた。

この数年は閉じないパンタグラフのような脚をどうにか動かしている祖母だが、指先の動きはまだしっかりしている。週に二日ほどは午后になると店へやってきて、コーナーテーブルのまえに腰かけ、コーヒーを淹れるのだ。それは会社員だった祖父が、退職後の生きがいをかねて妻のだいじな常連客をもてなすためにはじめたことだった。ドリップコーヒーの淹れ方を修業して、季節ごとに豆を変える凝り性ぶりで、十年後に亡くなるまでつづいた。いまでは祖母がその役目をになっている。

夫よりも五歳ほど年長だった祖母は、新婚のときからしっかり者として人生を過ごし、連れあいを看取ったいまは、あとを継いだ孫との共同生活をたのしんでいる。彼女のひとり娘は、まったくあてにならなかった。転勤族の夫と、家族ぐるみで日本列島を縦断する暮らしをしたのち、五十代で未亡人になった。それで落ちこんでいるかと思えば、突然、若い男とどこかへ姿をくらましたのだ。そのまま行方がわからない。幸いなことに、ぼくたち姉弟は三人とも成人していた。

原島が訪れた日も、祖母はいつもどおりコーヒーを淹れていた。近ごろは腕の力がおとろえ、さし湯のポットを持つ手はふるえがちである。けれども、抽出中は地震があっても気づかないくらいに集中するので、彼女が淹れるコーヒーは家族のだれが淹れるのよりもまだ十分においしい。

喫茶店とまちがえて訪れる客人にもそれは供される。もっとも、たいていは早とちりを詫びて、あたふたと立ち去ってしまう。だが、原島は「ちょうどいま淹れたところなの。よかったらどうぞ」という祖母の誘いに応じた物おじしない男だった。ぼくは洗濯をすませたのち、店へはもどらずに二階の事務所から外階段をつかってぬけだし、こっそり自宅へもどった。助っ人役の最終日でもあった。

晩になって、姉が電話をよこした。報酬は銀行振りこみにしておくから、という事務連絡だったが、そのついでのように「もしかして、あれは先約ずみ？」と訊いてきた。あれ、で通じる自分に腹をたてつつも、即刻、たんなる同僚だと答えた。親密だと思われたのなら不本意だ。「じゃあ、いいのね？」と念をおす。

横どりをするときは弟の返事など考慮しないくせに、訊くことは訊くのだ。だから、性質《たち》が悪い。しかし、この場合、姉を恨む要素はまったくなかった。あるのは誤解をただす必要性のみ。「弟の友だちって、おいしいのよね」と云って電話が切れた。

友だち？

マスターブレンドを持ってベンチへもどった。原島はまだ電話中だ。さきほどのとはべつの電話がかかったのかもしれない。ぼくは時間いっぱい屋上にいるつもりだったので、袋からコーヒーの紙コップをとりだして飲んだ。まもなく原島の電話も終わった。プリペイドカードを返す。

「サンキュー」

あの日、原島は祖母の誘いでコーヒーを飲んだだけでなく、カットもして帰ったのだ。だから、きょうは見慣れた印象といくぶんちがっている。姉は見立てがよい。「おまかせで」と云われるのも好きだ。人それぞれの長所をひきだすことに長けている。姉と原島がどんな会話をしたのかはしらない。姉は接客のプロだ。相手がだれであれ、気分をそこねない話術がある。ぼくとはちがう。

「原島さんがあんな町に用があるとは思わなかった」

都心から離れた郊外なのだ。地域の人と、そこにキャンパスをかまえる大学の学生が行き交うだけで、商業ビルはあるものの買い物や娯楽のためによそ者が立ち寄るほどの魅力はない。

「あそこの高齢者施設に母がいるんだ。駅前からバスがでていてさ」

「……どこかお悪いんですか?」

「ぜんぶ」

「ああ、すみません。立ち入ったことを訊くつもりはなかったんですけど、原島さんのお母さんなら、そんな施設にはいる年齢じゃないような気がして。ぼくの母は六十二だから、ほぼ同世代かと」

ただし、その母がいまどこで暮らしているのか、ぼくはしらないのだが。

「おれはさ、母親が四十過ぎて産んだ子どもなんだよ。おやじはもっと年長で、五年前に死んだ。母はもう七十代のなかばになる。兄がいたけど、彼も早死にした」

小船に乗って漕ぎだしたら底板が腐っていた、という気分になり、この話を打ち切りにすべく黙りこんだ。姉のあの外見は、コスプレなんです、というホラを吹くかどうかを迷っている。これは、ぼくの切り札で、横暴な姉を懲らしめたいときにつかう手だ。

〈ぼくたちはある時期までは三人兄弟でしたが、姉は彼女が「綿の国」と呼んでいる、その地へでかけて命の洗濯をしてくるたびに、姿が変わるんです〉

ちょうどいま、当地でも綿の実ができる季節となった。朝がたに咲いて、夕がたにはしぼんでしまう一日花だ。受粉に成功していれば、落花したあとにコットンボールができる。これが桃に似ているので、ボールが割れて綿があらわれることを、桃吹く、とも云う。以上は、嫁入りのときに故郷から綿の種を持ってきた祖母の受け売りだ。

原島がカフェとまちがえてスワンを訪れた日は、熟しきらない緑いろの玉をつけた綿の木の枝を入り口に挿けてあった。台風で倒された枝である。乾燥させるためだから、水のない大ぶりの花瓶に投げこんでおいた。

「綿の収穫をしたんだって？」

さきほどの入道雲を目で追った。いつのまにか、塔がくずれている。いまは、綿の大産地の集積場のような小山が横にひろがっていた。

姉が旅先でカメラにおさめてきた光景は衝撃的だった。集積所の綿の山は、作業する人の大きさから推測すれば、ちょっとした崖ほどもあった。豪雪地帯で冬の終わりに出現する「雪の壁」にそっくりだったのだ。それほどの綿を収穫するのに、どれだけの綿の木がいるものだろう。「畑というか、海なの。ワタツウミというわけ」

姉の店の玄関先にある綿は、祖母が庭先で育てている観賞用だ。それでも、小さな座布団をひとつつくるくらいの綿はとれると祖母は自慢する。寒さにつよい。祖母の故郷の信州から持ってきた種の子孫だ。

「収穫といっても、祖母が自宅の庭で育てているだけで」

孫たちが小さなころは、その綿をつめこんだマスコットを作ってくれた。だが、そんな内輪話におよぶことはない。

「はじける音がするんだ」

「……綿の実の?」

原島がうなずく。まなざしを和ませた。遠い過去のどこかへ置き去りにした少年を、つかまえたのだ。つかのまだったが、それはぼくが見たいと思っていた表情でもある。

「聞いたことある?」

いいえ、とかすかに首をうごかした。耳を澄ませていた。

原島は、ぼくが折った風船を取りあげて、ポンとつく。

「……うん、ちょうどこんな音だ。実家では、夏になると台風がくるまえに刈りとったのを束ねて茶の間の梁に吊るしておいたんだよ。古い家だったから、太い梁が通っていた。綿の実は十月ごろ褐色になる。種類によっては紅くなって、裂け目ができる。ふくらんでばらの実のようになる。それが、あるときガサガサッと前触れをしたあとで、パリッとはじけるわけさ。母が子どものころは、まわりじゅうが綿畑だったそうだ。夏の明けがた、家のなかにいても豆を煎るような音が盛んに聞こえて、うるさいくらいだったらしい。いまでは、母の畑の隅にのこっているだけ。それも、この夏はもうだれも世話をする者がいない。……あの店の入り口に綿の実が挿けてあったからさ、それに気をとられて看板を読みまちがえた」

昼休みが終わり、オフィスにもどった。室内の窓からも夏雲がみえる。はなればなれに漂っていた積雲が集まりはじめている。ひとつだけ、ぽつん、はぐれ雲がある。埠頭《ふとう》にならぶ倉庫群のうえをすべってゆく。

ホワイトボードに「T社訪問。四時帰社予定」と書いた。原島のところにもおなじ内容を記し、すでにエレベーターホールへ向かっている男を追った。下りのエレベーターに、蚊はいなかった。ほかの同乗者もいない。

原島は姉の店を出たのち、もう一度、高齢者施設へもどったそうだ。店の入り口に挿けてあった綿の実のついた枝をゆずりうけたからだ。母親のベッドの天井へ吊るしてやろうと思いついたと云う。

枝を選《よ》って、新聞紙にくるんで手渡したのは祖母だった。

「お孫さんにお店を継いでもらって、けっこうですね」と云う原島に祖母は、おかげさまで、とうなずいた。

「あとはあの子が結婚してくれたら、貯めてある綿で組み布団をつくるんだけどね。あなた、ひきとってくれない？」

原島がその問いかけにどう答えたかを聞かされて、ぼくは、いますこしうろたえている。傘を忘れた。

白露《はくろ》

大気が冷えてきて露を結ぶ頃。

玄鳥去《つばめさる》

柴崎友香

燕《つばめ》が南に帰る候。

九月十八日から二十二日頃。

◆草露白《くさのつゆしろし》

草に降りた露が、白く光って見える候。

九月八日から十二日頃。

◆鶺鴒鳴《せきれいなく》

鶺鴒が鳴き始める候。

九月十三日から十七日頃。

柴崎友香

しばさき・ともか

一九七三年大阪府生まれ。
一九九九年「レッド、イエロー、オレンジ、オレンジ、ブルー」(文藝別冊)でデビュー。
二〇〇六年『その街の今は』で織田作之助賞大賞、咲くやこの花賞、
二〇〇七年同作で芸術選奨文部科学大臣新人賞、
二〇一〇年『寝ても覚めても』で野間文芸新人賞、
二〇一四年『春の庭』で芥川賞を受賞。

船を待っていた。太陽は真上にあった。

柵の向こうは海で、ときどき小さな遊覧船が見えたが、こちらへ向かってくるものはなかった。出発の時間まではまだ一時間近くあるらしいが、正確なところは知らなかった。正確に把握している人がいるのかどうかも、知らなかった。

それに、船着き場なのに桟橋らしいものが見当たらなかった。きっと柵のどこかが開いて、タラップのようなものを渡すのだろう。ここで話されている言葉があまりわからないから、そのことについて誰かに聞くのが面倒だった。

カウンターには、女が二人いた。そのうしろには花に手足がくっついた形の風船が浮かんでいて、扇風機の風で揺れていた。ゆっくりと首を振る扇風機の風は、いくつも並んでいるベンチまでは届かなかった。しかし、暑かったという記憶はそんなにない。相当に暑かったはずだ。船の待合所も屋根がなければ十分も座っていられないくらいに、日差しが強かった。

屋根は、高いところにあった。受付カウンターのある小さな建物の二階の上に、鉄骨が組まれていた。簡素な三角屋根だった。屋根が途切れた先に見える空は、白っぽかった。薄雲がかかっていてさえ、こんなにも眩しく日が差す。

海の反対側、待合所と道路との間には小さな家がひしめいていた。家、と呼ぶにはずいぶん簡素だった。トタンや板で囲った、一間しかなさそうな大きさ。ここから見える限り、ドアもなければ窓ガラスもない。少し見える室内に光もない。ガラスのない窓に、カラフルな洗濯物がぶら下がっていた。全部、小さい子供の服だった。

一緒に来た人たちは、いちばん海側のベンチに座ってなにかの話で盛り上がっていた。一人が立ち上がり、誰かの真似をして、ほかの人たちが笑っていた。その中の一人が、友人の妻の妹で、あとの五人も親戚だった。フィリピンでいちばん美しいビーチに連れて行ってもらうことになっていた。友人夫妻は仕事があって、夕方の船で追いかけることになった。マニラからここまで、四時間も乗せてきてくれたワンボックスカーの運転手は、わたしたちの荷物を下ろすと、車とともに去って行った。てっきり、彼も、というか、車ごと島へ渡るのだと思っていた。船はなかなか来なかったので、待合所の隅で土産物や飲み物を売っている露店を見に行った。

一年と六ヵ月経って、わたしは電車のドアの窓に張りついて、東京を見ていた。もうすぐ目的の建物が現れるから、見逃さないようにしなくては、と視線の先に意識を集中させていた。マンション、雑居ビル、マンション、学校、とにかく建物がぎっしり並んでいる。茶色いマンションの次の、白いマンション。五階建ての、二階。それからその少し先の白いマンションの三階端の部屋。

次は絶対に駅の近くに住もうと思っていてこのひと月ほど探していて、どちらの部屋も最寄り駅から徒歩五分以内だった。広さも希望通りで、日当たりも悪くなさそうで、ただし線路からも近く、高架を走る電車から丸見えの可能性があった。電車からよく見える部屋は数多くある。かなりの速度で移動していても、思いのほか、よく見える。

うしろで、きゃあ、という声と大きな音がして、わたしは思わず振り返った。網棚に置いていた鞄を取ろうとしたスーツ姿の男が手を滑らせ、それが真下に座っていた女の頭に落ちたのだった。男は動転したのか謝ることを失念して鞄を取り上げると隣の車両へ歩いて行き、女は頭を直撃した鞄によって崩れたまとめ髪を慌てて直し、周りの乗客は何か言いたげに、しかし誰も何も言わずに見ていた。

思い出して、窓の外を向いた。あやうく一つ目の白いマンションを通り過ぎるところだった。二階、と目で数えると、それは手前の家に隠れてあまり見えなかった。いちばん見えそうだったのは、四階で、思ったよりも電車は高いところを走っていた。すぐに、次のマンションが現れた。手前に同じくらいの高さのマンションがあるから、と予想していたのに反して、その部屋のベランダと窓はすぐ目の前に迫ってとてもくっきりと見えた。並ぶどの窓もカーテンをぴったりと閉めていて、洗濯物も鉢植えもなかった。あそこには住めない、とすぐに決まる。最初の二階には、まだ可能性がある。電車は駅に着いた。

一年と六ヵ月前にあの海で船を待っているとき、父の郷里の瀬戸内の島へ渡るときと同じような小さなフェリーに車ごと乗り込む光景を、なんとなく思い浮かべていた。

最後にその瀬戸内の島へ渡ったときからは、数えてみればもう三年も経っていた。春の連休のときで、祖父の三十三回忌だった。そんなに時間が経っても法要をすることを、直前になって初めて知った。その言葉は知っていたが、ほんとうにやるのだとは思っていなかった。大阪から東京に移ってからは、その島へ行くためには飛行機で高松へ行き、高松港から高速艇かフェリーに乗る。東京に住むまで、高松に行ったことはなかった。郊外の高台にある高松空港から高松港は遠く、バスの本数も少ない。船の便はさらに少なく、バスの時間ともうまく合わないので、島へ行くのは予想以上に時間がかかった。

三年前の三月、港の待合所で、それは二階建てのターミナルで自動ドアで自動販売機もテレビもあるところだが、ベンチに座ってスマートフォンを見ていたら、知らない人に声をかけられた。父の同級生だという。人のよさそうな顔だった。……ちゃん、と子供みたいな言い方で父を呼び、父が早く死んでしまって驚いたと言った。つい最近のことのように。わたしはその人を知らないが、わたしはテレビに出る仕事をしているので、その人はわたしのことを知っていて、祖父の法要のことも知っていた。子供のころにおじいちゃんに怒られたことがあると言った。法要に来る「おじゅっさん」のお寺の向こうに住んでいるらしい。

父が死んでからもう十五年近く経つ。十三回忌はその年の初めだった。十三回忌と三十三回忌を同時にできないかという話も親戚のあいだで出たが、結局別々だった。だからあの年は二度、島へ渡った。二回とも同じ時刻の飛行機で、同じ時刻の船で、同じように遠いと思った。遠さは距離によっては決まらない。交通手段の速さと時刻表と料金だ。遠くなった場所は不便だから人が減り、人が減ると交通は数が減って不便になり、さらに遠くなる。子供のころは実家の近くの港から大型フェリーが出ていてもっと簡単に行けた。だから父もそこに住んだのだろう。今はあの港自体がない。フェリーターミナルの建物は長らく放置されて廃墟のようになっていたが、どうなっただろう。

「……なんのために大学に入れたんやか、って笑いよってから」

その人の言葉が頭に入っていなかったことに気づいた。顔を上げて、曖昧に頷いて続きを聞いた。同窓会だかなにかのときに父と会った思い出話のようだった。父がわたしのことを話していた。

「ほんまに、自分の子やとは思えん、子育てに失敗した、もう一回人生があったら別の子供を育てたい、言うて」

その人は、楽しそうに笑っていた。家族の微笑ましいエピソードとして記憶しているのだろう。どこにでもあるような会話だ。関係のよい親子なら、冗談として、たとえば結婚式などでもちょっとした笑いを取れるのかもしれない。ちょっとした笑いと、そのあとにほろりと泣かせるような話。他人ならそう思う。

「そらそやで、あんたの子が俳優になるやなんて、間違いに違いないわい、言うて皆で笑《わろ》たんや」

同窓会などいつあったのだろうか。その人は、そのあとも思い出話を続けた。

「ほんまになあ、早かったなあ」

そうですね、とだけ、わたしは返した。ようやく船が入ってきた。小型のフェリーが接岸し、船員が太いロープを投げ、港の職員がそれをビットにかける。何度も見た光景だ。フェリーの前部が開いて、運送会社のトラックや乗用車が出てくる。連休だから、いつもより家族連れの車が多かった。

「早いなあ」と、その人は繰り返した。

フィリピンの待合所では、知り合いに会うはずもなかった。友人の妻の妹が気にしてくれたのか、露店でビーズのアクセサリーなどを見ていたわたしのそばに来て、退屈だね、と英語で言った。少し眠くて、と私は英語ではそれくらいしか返せなかった。

船着き場の手前の集落の食堂で食べたランチは、ケチャップ味のごはんにハムエッグが載ったもので、お子様ランチみたいだと思った。食べ物は全体に甘かった。カレーもスパゲティもハンバーガーも。ケチャップにバナナが入っているのだと、前日に友人の妻が教えてくれた。食堂では、椰子《やし》の葉を編んだ帽子や籠や蜂蜜が売られていた。その土産物の並び方も、奥まった部屋に親戚一同という感じの団体がいて子供が騒いでいたのも、父の郷里の島を思い出させた。

露店でペットボトルの水を買い、ベンチへ戻った。受付カウンターにいる二人の女のうち、左の若いほうはお腹が大きかった。タンクトップを伸ばしたようなぴったりしたワンピースを着ていて、細い体から丸く盛り上がった腹部が目立った。七ヵ月くらい、と当てずっぽうに推量する。露店の女も小さい子供を連れていたし、食堂も店の前も子供が走り回っていたし、どこに行っても子供だらけだった。東京で住んでいる街の、あるいは旅行した日本のあちこちの観光地の、子供も大人もほとんど歩いていない道を思い浮かべ、日本も昔はこんなふうに子供がいたのかもしれないと思った。そこらじゅうに。自分の記憶をたどってみても、子供のころは道路に蠟石《ろうせき》で絵を描いて遊んだりしたが、もう十年以上もそんな光景は見たことがなかった。

受付の女二人は、ラジオから流れてきたアメリカのヒット曲に合わせて軽く踊り始めた。両手を上げ、腰を左右に振る。その後ろで扇風機の風に揺れている手足のついた風船と絶妙にリズムが合っていた。

頭上では、ずっと、鳥の声が聞こえていた。高い、軽やかな音で、それまでに聞いたことのない鳴き方だった。

見上げても黒い影で、なんの鳥なのかはわからない。鳩よりは小さく、雀よりは大きかった。屋根の端、鉄骨の陰に巣があるらしく、飛んでいってはまた戻ってくる。戻ってくると、姿は見えないが雛たちの鳴き声が聞こえた。ペットボトルの固い蓋《ふた》をなんとか開けて、水を飲んだわたしは、日本で見かける燕《つばめ》がフィリピンやベトナムへ渡ることを考えていた。それを知ったときから、何度考えても、あんなに小さな鳥がそんな距離を飛ぶことが信じられない。海を渡るのだから、休まずに、眠らずに飛び続ける。そんなことがどうやって可能なのだろう。東京からマニラまで飛行機で四時間半かかった。雲の上を音の速さで移動してきたが、わたしたちの生身の体にその力はない。

あんな小さな鳥が途方もない距離を休まずに移動すること。日本からインドネシアやオーストラリアまで渡る鳥もいるという。そのことを思い始めると、気が狂いそうになるから考えるのをやめる。ほかの人たちが、それを知っていてなぜ平然としていられるのかわからない。しかも、同じ場所に帰ってきて同じ家に巣を作ったりする。どうしてわかるのかわからない。そうして途方もない距離を移動してきたあの小さな鳥が、去年はあった軒がなくなっているのを見つけたときのことを思うと、わたしは怖ろしくてしかたなかった。

頭上の鳥は、高い声で鳴いていた。燕とは違う声だった。今ここにいるということは、北へは渡らない鳥だろう。鳴いて、飛んでいって、また戻ってきた。

東京で駅に着いた電車から降り、改札を出て左に歩いた。その商店街の終わりに、今住んでいる家はあった。同じ駅の範囲で引っ越すなんて意味あるの、と部屋探しのことを話したら友人は言った。意味？　お金も労力もかけて引っ越すだけの意味。

わたしは方向を変えて、引き返した。駅の反対側には商店街はない。駅前にコンビニと数軒の飲食店があって、すぐに住宅街になる。米屋を左に曲がり、路地を一方通行の道を進んだ先。さっき電車から確かめた白い建物はすぐに見つかり、オートロックのエントランスを外から覗いてみたが悪くなさそうだった。ベランダ側に回ってみたが、手前のアパートに阻《はば》まれて、目星をつけている部屋は見えなかった。路地に立って、そこで暮らす自分を想像してみた。日当たりは予想に反してあまりよくなさそうだが、思ったより電車の音もしない。ベランダ側の部屋にソファだけを置いて、今度は家具は減らす。

駅に戻ると、売店の近くでこの間まで燕が飛び交っていた巣が、空になっていることに気づいた。

二時間近く待って、遅れた船はやってきた。あれだ、と友人の妻の親戚の一人が指差した船は、だんだん近づいてはっきりと形がわかった。ボートだった。屋根はついているが、わたしたちが全員乗れるのだろうかと不安になる大きさだった。細長い船体からは、両側に腕のような木材が伸びて、海上でバランスを取るためのボートに平行した木材部分があった。博物館で見たオセアニアのカヌーとよく似ていた。さらに近づいてくると、木材は形が揃っておらず、手作りなのがよくわかった。船体を塗った水色のペンキも、斑《むら》があった。

ボートが岸壁のぎりぎりまで来ても、柵は開かなかった。どうやって乗るか不安に思っていると、ボートの男たちが、細長い板を柵に渡した。滑り止めに何ヵ所か棒が渡してあるが、ただの板だった。男たちはそこを渡って、金属製の柵を乗り越え、わたしたちの荷物を担いで往復した。マニラから運んできた水のポリタンク三つも軽々と運ばれた。泊まる島は元々無人島で水がなく、宿泊客がスタッフの分も持ち込まなければならないのだった。気をつけて、と友人の妻の妹が言った。親戚たちも不慣れは不慣れのようだが、あっさりと柵に足をかけ、そして板を渡っていった。下はあまりきれいではない海だった。友人の妻の妹も軽々とボートに乗り込み、最後はわたしだった。ノートパソコンの入ったリュックサックを背負い直し、慎重に板を歩いた。

無事に乗り込んだ船は、すぐに速度を上げた。自動車のハンドルを流用した舵を、船長は足の指でつかんで器用に操作していた。立ったまま右足で見事に船を操る船長は、ずっと遠くを見ていた。きっとわたしには見えない距離にあるものも、彼にははっきりと見えていた。船は波にぶつかるたびにものすごく揺れ、わたしたちは大量に水しぶきを被った。海の水は、塩辛かった。三十分ほど行くと、海の色は明るくなった。そこだけ光を発しているような場所が見え、近づくと、海は薄緑色に変わった。それまでに見たことのない、信じられないような、美しい色だった。青い水の下に、珊瑚が見えた。海水の下の白い砂の一粒一粒まで、はっきりと見えた。あんなに美しい海を見たのは、そのときが初めてで、そのあとも一度もない。

父の三十三回忌がやってきて、わたしは港で船を待っていた。バスからの接続はますます悪くなり、待合所のベンチに座ってもう一時間が過ぎていた。待つ人も、ほとんどいなかった。自動ドアが開くたびに、冷たい風が吹き込んできた。予報の通りに天気は下り坂で、空の雲も海も灰色が濃くなっていた。すみません。知らない人が声をかけてきた。二ヵ月前に公開された映画を見たのだと言った。意味はよくわからなかったがあなたの演じた老刑事の役はよかった、と。わたしは礼を言った。撮影したのはもう二年近く前だったから、話していて思い出した現場の光景はすでに懐かしかった。その人は十年前に島に移住したと話した。船でしか行けない場所に住むのが夢だったのだと言った。父が住んでいた家は、もう十年も前になくなっていた。

秋分《しゅうぶん》

昼と夜の長さがほぼ同じになる頃。

山下澄人

水始涸《みずはじめてかるる》

田から水を抜き
稲刈りに取り掛かる候。
十月三日から七日頃。

❖雷乃収声《かみなりすなわちこえをおさむ》
夕立に伴う雷が
鳴らなくなる候。
九月二十三日から
二十七日頃。

❖蟄虫坏戸《すごもりのむしとをとざす》
虫が隠れて
戸を塞ぐ候。
九月二十八日から
十月二日頃。

山下澄人

やました・すみと

一九六六年兵庫県生まれ。
一九九六年劇団FICTIONを旗揚げ、
主宰・作・演出・出演を兼ねる。
二〇一二年『緑のさる』で野間文芸新人賞、
二〇一七年「しんせかい」で芥川賞を受賞。

たけしはわたしやたけしの住む二階建てのアパート、たけしは一階にわたしは二階に住んでいた、を出て前にある公園を右に見て左へ歩き、幅十メートルほどのどぶ川にかかった橋を渡ってすぐの、駄菓子屋の前の車道で六回、車にはねられた。

一回目はたけしが五歳でわたしは六歳だった。わたしとたけしはわたしたちが「ぼくじょう」と呼んでいた、町中にある小さな牛舎で牛を見ていた。町の真ん中にそんなものがあったと誰に話しても信用しないがあった。どぶ川の脇を海に向かって歩いて左へ曲がるとそれはあった。近所の子供はくさいとぼくじょうに近づかなかったが、わたしとたけしはよくそこで牛を見ていた。その日はいつもいた赤い牛がいなくなっていた。赤い牛は角が大きくてわたしもたけしも気に入っていた。石を投げると、かっつかつっ、と前足を地面に叩きつけて、血のにじんだ赤い目で私たちをにらんだ。しかし赤い牛はおらず、白黒の痩《や》せた牛しかいなかった。たけしが小さな石を白黒の牛に投げた。白黒の牛は足で地面を叩いたりしなかった。わたしは小さな木のかけらを牛に投げた。白黒の牛は耳を立てたりしただけだった。たけしがつばをはいた。たけしはよくつばをはいた。それを見て、行儀の悪いがきやで、とアパートの一階の奥に住んでいたばあさんがよく言っていた。わたしはつばをはかなかった。

「なんではかへんの」

たけしは言った。

「はいたらええやん」

ぼくじょうを出たわたしたちは、どぶを山の方へ歩いてアパートの前に戻り、ろう石で道に落書きをした。わたしはよく大人に絵をほめられた。たけしはいつもわたしの絵の真似をした。わたしはたけしに真似されないよう体でかくしながら絵を描いた。一階に住んでいた大きな声で部屋の中で一日怒鳴る女の人が来た。女の人が

「こんにちは」

とわたしたちに言った。女の人は部屋ではずっと怒鳴っていたが、わたしたちに会うといつもとても優しく話しかけてくれた。女の人は痩せていた。時々お姉さんみたいな人来てはるわ、と母が言っていた。お姉さんみたいな人はわたしは見た事がなかった。たけしは一階に住んでいたから見た事があったかもしれない。

「こんにちは」
　とわたしたちは女の人に言った。少し気分がよかった。わたしたちはろう石をしまって、駄菓子屋へ向かった。駄菓子屋へ向かう時、わたしは少し遅れた。たけしが走り出したからだ。たけしは奇声をあげて走っていた。気分がよかったからだ。わたしはまだ橋の上にいた。右の遠くは山で、左の遠くは海だった。山は見えていたが、海は見えていなかった。たけしが車道に飛び出した。飛び出すのと同時に車のブレーキの音が大きくした。白い車だった。車は右から来た。たけしは駄菓子屋へ体を向けたまま、左へポーンと飛んで、尻から着地した。着地した時、たけしはわたしの方を向いていた。半回転したのだ。駄菓子屋の犬が鳴いていた。白い毛むくじゃらの、ロン、と呼ばれていた小さな、一度遠くへやられたのに三ヵ月ほどかけてまた戻って来た、という犬だった。駄菓子屋のおばちゃんが、もう捨てられへん、と言っていた犬だった。わたしには音が消えていた。たけしが立ち上がった。車の中から女の人が慌てて出て来た。女の人は白い服を着ていた。女の人はたけしに
「大丈夫？」
　と言った。わたしにもはっきりと聞こえていた。たけしは
「大丈夫」
　と言って、わたしにも聞こえた、そのまま駄菓子屋へ入って行った。女の人はたけしの

入って行った駄菓子屋の方を見ていた。クラクションが聞こえた。女の人の後ろにトラックが停まっていた。その後ろにも車はいた。クラクションはトラックのものではなかった。その後ろからしていた。女の人がトラックの方へ二回ほど謝って、トラックにクラクションを鳴らされたと思ったのだろう、笑っていたように見えた、ちらとわたしを見て、車に乗り、ゆっくり動き出した。道の横にでも車を停めるのかと見ていたら、車はそのまま走り去った。たけしは駄菓子屋で駄菓子を見ていた。わたしが入って行くと

「何買うん」

とわたしに言い、自分は小さな赤い飴《あめ》を手に取った。たけしはその夜熱を出した。警察が来ていた。わたしの家にも警察が来た。わたしははじめて警察官としゃべった。

二回目はわたしは小学校三年になっていた。たけしとは前ほどいつも一緒にいた訳ではなかったけれど、それでも住んでいたのが同じアパートだったから、学校から帰って来れば、そこにたけしがいれば、前の公園で遊んだりしていた。その日も遊んでいた。そこにはまーちゃんもいた。まーちゃんはわたしと同い年で同じアパートの二階に住んでいた。まーちゃんの父親は夜中トラックに乗っていた。昼間寝ていたからわたしたちはほとんど見た事がなかった。わたしたちはブランコ鬼をして遊んでいた。鬼になったものが足で引いた線の外側

から、ブランコに乗るものにタッチをしたらタッチされたものが鬼になるという遊びだった。まーちゃんが鬼だった。わたしとたけしはブランコに乗り、まーちゃんのタッチをかわそうとしていた。まーちゃんはたけしを狙っていた。たけしが後ろに下がってまーちゃんのタッチを身をよじってよけていた。しかしまーちゃんは鉄柵を右手で摑《つか》み、体を斜めにして、たけしに迫っていた。たけしは左の手で、いやいや、をした。その手がまーちゃんの伸ばした左手に触れそうになった。触れてしまったらタッチをされたという事になる。たけしはまーちゃんの手に触れないように、怖いからより大きくいやいやをした。二人の左手がひらひらと動いていた。わたしは笑っていた。まーちゃんも笑っていた。たけしは笑っていなかった。その時、離れたところから大きな声がした。大人の声だった。三人が声のした方を見た。アパートの二階の窓から男の人が怒鳴っていた。まーちゃんの部屋だった。男の人はまーちゃんの父親だった。まーちゃんの父親が窓から消えた。わたしとたけしはまだブランコにいた。まーちゃんはぼんやりと立っていた。アパートからまーちゃんの父親が出て来た。早足でわたしたちのいる場所へ来て、

「何で叩くんや」

とたけしを叩いた。まーちゃんの父親は泣いているように見えた。たけしはブランコから落ちて、まーちゃんの父親を驚いた顔で見ていた。まーちゃんの父親はまーちゃんの腕を取

り、アパートへ入って行った。たけしが立ち上がった。そして
「おれ叩いてないで」
と言った。鼻血が出ていた。たけしの母親がまーちゃんの父親に怒鳴り込んだ。二人が大きな声を出していた。その日たけしは父親と風呂屋へ行くのだと話していた。わたしたちの住むアパートに風呂はなかった。風呂屋は近くに三つあった。少し足をのばせば、四つ、あった。たけしが父親と行こうとしていたのは、少し遠い方の四つ目の風呂屋だった。たけしの父親はその風呂屋の近くにあったはげ山の上で働いていた。山と言っても、子供でも簡単に登る事の出来る、山、というほど大げさなものではない、町中に突然あらわれる、赤土がむき出しになった、坂だった。山、と呼んでいたのはわたしたちだけだったかもしれない。夏になるとはげ山の上で金魚すくいが出来た。風呂屋ははげ山の裏にあった。はげ山へ行くには橋を渡り、車道を横切り、駄菓子屋の横の道をまっすぐ、坂を登って、左へ少し曲がる。たけしの鼻血は止まっていた。たけしの母親はわたしの母にまーちゃんの父親の文句を言っていた。横でテレビを見ていたたけしにたけしの母親が
「風呂行っといで」
と言って、タオルと石鹼《せっけん》箱を渡した。わたしはたけしと一緒に外に出た。たけしはタオルを肩にかけ、石鹼箱をカタカタ鳴らしながら、わたしに手を振り、橋を渡り、車道に出て、

左から来た黒い車にはねられた。

三回目はわたしが五年の時の冬休みの最後の日だった。正月、たけしは家族で

「おんせん」

へ行って来た、と言っていた。そこには大きな風呂があって、外で入る事の出来る風呂もあって、みんな浴衣を着ていて、卓球も出来て、あんまり面白くなかったと言った。それはしかしたぶん、わたしがどこへも行ってなかったから、面白くなかった、とたけしは気を使ったのだ。わたしはどこへも行かなかった。どこかへ行った事もなかった。親戚の家へ行く事もなかったし、来る事もなかった。たけしは面白くなかったと言うわりには、おんせん、の細部をわたしに話して聞かせていた。せんべいを二枚

「おみやげ」

と言ってくれた。わたしはたけしの前で一枚食べた。味がなかった。二枚めはポケットに入れた。その時ポケットから駄菓子屋で当てたくじが出て来た。くじが当たって、棚の一番下の段の中から好きなものを取って良かったのだけど、その時わたしは選べず、わたしはもう五年になっていたからあまり喜んでもいなかった、後で選ぼうと駄菓子屋のおばちゃんに、後でも良いかと聞いて、良い、と言われたので、くじをポケットに入れていたのだ。そ

のくじが出て来た。たけしは当たりくじをはじめて見たと言った。
「当たりあるんや」
と言った。わたしは二度目だった。一度目は一年の時だ。
「すごいなぁ」
とたけしは言った。
「ずるいなぁ」
とも言った。もらいに行こうとわたしのジャンパーの裾をたけしは引っ張った。わたしは
その時、たけしは少し子供っぽすぎる、と思った。もうたけしも四年なのに、小さい子供の
ように当たりくじに驚いている。そんなだから何度も車にはねられるのだ。わたしはそう
思っていた。右にたけし、左にわたし、と二人で橋を渡り、ほぼ真横に並んで車道に出て、
右から来た青い小さなトラックにたけしだけがはねられた。はねられる時、たけしは
「あ」
と言った。
「あ」
と言ったのはわたしかもしれない。
トラックはわたしの前で停まった。たけしはうつぶせてじっとしていた。頭に黄色いタオ

ルのはちまきをしたサングラスの男の人がわたしに怒鳴りながら降りて来た。たばこのにおいがした。男の人はたけしに近づき、たけしの腕を取り、体を起こした。たけしは大きな目で、男の人を見ていた。たけしは何も言わなかった。男の人はたけしを抱えて、トラックに乗せて、クラクションを鳴らしながら、Uターンをして、来た方へ走って行った。その先の右に病院があった。たけしは肋骨が折れていた。

その後、たけしは二度はねられた。わたしはそれは見ていない。

夏休みが終わって、二学期が始まっていた。わたしは中二になっていた。たけしは中一になっていた。たけしは額の髪の生え際に剃り込みを入れたり、髪の色を抜いたり、派手なシャツを着たり、たばこを吸ったりするようになっていた。まーちゃんはとてもおとなしい、ものすごく勉強のできる奴になっていたから、わたしやたけしとほとんど話さなくなっていた。まーちゃんの家には昼間、髪の色の茶色い女の人がよく来ていた。その人が来ている時、まーちゃんはいつも外にいた。暑い日でも外にいた。

「えげつない事するやっちゃで」

と父が言った。そう言う父にわたしは殴られて、左の目がはれていた。

たけしが自転車をどこからか盗んで来た。たけしはわたしに
「乗ってもいい」
と言った。だからわたしは乗っていた。乗っていて、わたしはオートバイと衝突した。わたしが自転車を走らせながら、後ろから来る白いワゴンを道の左側でやり過ごして右折しようとしたら、左の前からオートバイが来た。鼻を殴られた時の、ツンとした感触とにおいがして、気がつくとわたしはうつ伏せていた。痛くもなんともなかった。顔の前に赤が広がっているのが見えた。血だとすぐにわかったが、それがわたしの血だと気づくのに少し時間がかかった。口が閉まらないなと思ったら、上の唇に歯が引っかかっていた。誰かがハンカチをわたしの顔の前に出してくれた。わたしは受け取らなかった。オートバイに乗っていたのは男の人で、衝突した時に飛ばされたのか、少し先でうずくまって
「いたいいたい」
とうなっていた。スネの骨が折れていたのだと後で聞いた。サイレンが聞こえた。わたしは救急車に乗せられた。わたしは鼻の骨と歯と肋骨が折れていた。入院はしなかった。入院できるのかと思っていた。たけしは、自分のせいだ、と言っていると母に聞いた。わたしは、それは違うと思う、と思った。どこかでその事をたけしに伝えなければと思った。しかしすぐに忘れてしまっていた。

「便所のにおいがする」

とたけしが言った。わたしはかいでみた。甘いにおいがしていた。確かに便所でかいだ事のあるにおいだと思った。それは公園の脇にある植物からしていた。小さな橙色の花がたくさん咲いていた。虫が鳴いていた。夏はとっくに終わっていた。わたしはたけしとたばこを吸っていた。たけしがたばこの煙を小さな花に吹きかけた。鼻も歯も肋骨もまだ少し痛かったけれど、わたしは普通に学校に行っていたし、友達と遊んでいた。その日は晩、友達の家からの帰り、たまたまアパートの前にたけしがいた。友達はしゅうじといって、家には母親しかおらず、母親は夜働いていたから、しゅうじの家はわたしたちの溜まり場になっていた。明日、よその中学の一年とけんかをする事になったとたけしは言った。前、その中学の別のやつとやって、その時はたけしが勝って、今度は向こうがその仕返しに来る事になっているのだ、とたけしは言った。終わりのないやつだ。

「何持ってったらいい」

たけしが言った。

「バット」

わたしが言った。

「バット持ってない」

たけしが言った。

「野球部の部室にある」

わたしが言った。

「野球部かぁ」

たけしが言った。野球部のキャプテンの三年の上崎くんは、わたしたちの学校で二番目に強いと言われていた。一番は山口くんだ。しかし山口くんは施設にいた。だから上崎くんは実質一番だった。バットなんか盗んで上崎くんにバレたら大変な事になる。ここらにいられなくなるかもしれない。甘いにおいはずっとしていた。わたしはしゅうじがバットを持っていた事を思い出した。玄関の下駄箱の横にいくつかあったのをわたしは見た。

「金属バットやったらええけどなぁ」

たけしが言った。

「金属バットや」

わたしが言った。木のバットだったかもしれないなぁと思ったが、木のバットでじゅうぶんだ。借りに行こう、とたけしに言った。たけしは喜んだ。そして
「よかったぁ」

と言った。公園を出て、橋を渡りきった頃、たけしが

「でもしゅうじくんバット貸してくれるかな」

と言った。

「貸してくれるわ」

わたしが言った。

「貸してくれへんかったらどうする」

たけしが言った。

「貸して言うたらえええやん」

わたしが言った。

「でもあかんて言われたらどうする」

たけしが言った。わたしは面倒くさくなって
「ほなしばいたらえええやん」

と言うと、たけしが笑って
「ほなしばいたらえええやん」

とわたしの口真似をして、笑って、

「ヒョーイ」

と言いながら回転して車道に飛び出して、左から来た黒い車にはねられた。

駄菓子屋はその前の年になくなっていたからシャッターが下りていた。駄菓子屋のおばちゃんは死んだ。おばちゃんが死んでいるのを見つけたのはたけしの母親だった。おばちゃんはいつも腰を下ろしていた、店の奥の、家への玄関のへりでうなだれて死んでいた、らしい。たけしの母親は最初その事に気がつかず、あれやこれやと話して、パンと、缶詰とをおばちゃんの前に置き、店には駄菓子の他にそういうものも置いていた、財布からお金を出して、受け取らないからおかしいな、となってからはじめて、死んでいる、とわかったのだと、それはわたしの母から聞いた。

車からは眼鏡をかけた若い男の人が三人出て来た。車の中から音楽が聞こえていた。男の人たちは

「ごめん！」

「すいません！」

「どないしよ！」

「めっちゃやばいやん！　めっさやばいやん！」

と大きな声を上げていて、わたしがたけしに近づき、たけしに声をかけていると

「大丈夫ですか！」

「大丈夫ですか！」

「うわぁどないしょ！」

「やっぱー！」

「やっぱー！」

とうるさいからわたしが
「うるさい！」

と言うと黙った。たけしは鼻血を出して空を見ていた。男の人たちのどれかが連絡をしたのか救急車が来た。

病院でたけしは右足を吊られていた。折れていた。これでたけしの足は曲がった。左腕も折れて、顔もガーゼをあてられて腫《は》れていた。少し目から涙が出ていた。病室は薄暗くわたしには思えた。小さくテレビかラジオの野球の音がしていた。たけしの母親がいた。たけしのはげ山の上で働いていた父親は何年か前に死んでいた。わたしはお葬式に出た。お葬式でわたしを見つけたたけしはニヤッと笑った。

「いたい？」

わたしはたけしに言った。たけしはかすかに頷いた。そしてその時わたしは、わたしがオートバイとぶつかったのはたけしのせいではない、と伝えようとしていた事を思い出し、たけしにそう言った。たけしはかすかに頷いた。たけしの横にはたけしの母親がいた。わたしの後ろにはわたしの父がいた。

「これ後で食べ」

と父がカステラをたけしに見せた。

「わぁ、カステラやん。わたし大好き」

とたけしの母親が言った。

「ホームランです」

と野球の音が言った。

あの甘いにおいが薄くしているような気がした。窓は閉まっていた。

「便所のにおいしてる」

わたしが言った。

「バット借りて来てくれる?」

たけしが小さな声でわたしに言った。わたしは、しばらくはたけしはけんかも出来ないだろう、と思ったけど、そうは言わずに
「うん」

と言った。

寒露《かんろ》

露が冷たく感じられてくる頃。

川上弘美

蟋蟀在戸《きりぎりすとにあり》

きりぎりすが戸口で鳴く頃。
十月十九日から二十三日頃。

❖鴻雁来《がんきたる》
雁が北から渡ってくる候。
十月八日から十三日頃。

❖菊花開《きっかひらく》
菊の花が咲き始める候。
十月十四日から十八日頃。

川上弘美

かわかみ・ひろみ

一九五八年東京都生まれ。
一九九四年「神様」でパスカル短篇文学新人賞を受賞しデビュー。
一九九六年「蛇を踏む」で芥川賞、
一九九九年『神様』で紫式部文学賞、Bunkamuraドゥマゴ文学賞、
二〇〇〇年『溺レる』で伊藤整文学賞、女流文学賞、
二〇〇一年『センセイの鞄』で谷崎潤一郎賞、
二〇〇七年『真鶴』で芸術選奨文部科学大臣賞、
二〇一五年『水声』で読売文学賞、
二〇一六年『大きな鳥にさらわれないよう』で泉鏡花文学賞を受賞。
二〇一九年紫綬褒章受章。

ずっと、こおろぎに、見られている。

はきだし窓の桟の、ごくわずかな隙間に、こおろぎはいる。最初に、飛びだした触角と頭と胴体の一部が見えたときには、驚いた。たいへんに、黒い。でも、いったい何なのか。幻覚をみているのかもしらん。

しゃがんで近くに寄ってみれば、それは動くものだった。

ごきぶり？

いや、ちがう。そういえば、ごきぶりという言葉の起源は、御器被り、だったと聞いたことがある。御器はふたのついた器である。平安時代の文章などにでてくる。まるでその器を被っているかのような形をしているので、ごきかぶり。そののち、ごきぶりと省略される。

こおろぎの触角は長い。その触角が、桟の隙間から飛びだしている。そこもごきぶりめいていたが、胴体にもっと厚みがある。夜になると、りりり、りりり、りりりと鳴く。こおろぎは、ずっと同じ場所にいつづけている。

こおろぎに見られながら、台所仕事をする。包丁を使うとき、それが自分の足の甲にささっているところを、かならず思ってしまうのが困る。ほんとうはあまり困らない。思うだけなので困らない。

にがうりを縦はんぶんに割り、種をかきだし、さらに薄く切る。塩をして置き、水が出たら絞る。油で炒め、かつおぶしの粉をふり、醬油をたらす。にがうりを生まれてはじめて食べたのは天草でだった。三十七年前。天草は、水の匂いのするところだった。

夕方まで友人の案内で海であそんだ。帰ると、友人の母が台所仕事をしていた。初めて見るにがうりというもので、友人の母はおひたしを作った。次に、鯖をさばいて刺身にした。長いいんげん豆と芋を炊いた。一升瓶が畳の上に数本並べてあった。ビールっちゅうもんは、冷やしすぎちゃーいけん。友人の父は言い、午後三時ごろに冷蔵庫に入れたという瓶のビールを出してきて栓抜きであけ、味見をした。ちょうどよか。いつも冷えすぎやけん、こんくらいにしてほしかー。笑いながら言った。友人の父は、その数年後にウイルス性白血病で亡くなる。友人とは以後ずっと音信不通だ。

こおろぎに見られながら、掃除をする。窓を開ける時、勢いあまってこおろぎをつぶしてしまわないよう、気をつける。こおろぎに愛着があるからではない。つぶしてしまった後の始末が面倒だからだ。

はるか、という名前は、掃除の時に、しばしば思う。はるか、という知人はいない。少しでも知っている人のことを思うと、せっかくむすぼれて奥底に沈められて忘れ去っていたものが、ほどけ始め記憶の表層に浮かびあがってきてしまうので、知人にいない名を思うようにしている。

単純作業は危ない。だから、はるか。はるか。はるか。草の上。打擲《ちょうちゃく》。辛子の匂い。はるか。あしくび。はるか。はるか。祭り囃子。油のはぜる音。はるかにそびえる不二の山。自分の記憶にないものまでが思いだされてしまうのが、単純作業のおそろしさだ。はるか。はるか。ぞうきんを絞る。拭く。しゃがんで後じさりしながらぞうきんがけをしなければならないと、幸田露伴は教えた。向島までゆくのにいくつかの電車を乗りかえた。小田急線と、総武線と、地下鉄。小田急線のロマンスカーの、先頭車両の先頭席をとり、正面の広い窓ごしにずっと線路を眺めた。運転席は二階にある。だから窓はとても広い。鹿が飛びこんできてロマンスカーは緊急停車した。自分の記憶ではない。でも記憶にある。残骸がガラスにはりついた。祭り囃子。はるか。はるか。今拭いている床板に、向島のあたりの道筋が浮かびあがってくる。向島には友人が住んでいた。七年前に友人は癌で亡くなった。五年前に、友人の娘と二人で食事をした。浅草橋のレストランだった。家族でよく来たレストランだったという。その娘がまだ幼児だったころ、友人が住んでいたマンションの近くの寺の境内で、いつも友人は子どもを遊ばせた。わたしが息子を連れて向島まで遊びにゆくと、友人は必ずその寺に連れていってくれた。友人の娘は、わたしの息子からおもちゃを取り上げた。息子は泣いた。わたしと友人は、あらあら、と言いながら、笑って見ていた。

こおろぎに見られながら、洗濯をする。川に洗濯をしにいったのは、もう何十年も前のことだ。身を清めるために川に沈む男たち。死んだ夫を川に流す妻。花束と燈籠《とうろう》もつづけて流された。少しの下着と白いシャツ、そして赤いスカートを川で洗った。スカートの染料がにじんで川の水に混じった。深紅のスカートなのに、染料はうすもも色だった。

洗濯機の音が重い。シーツを三枚、それに大きなバスタオルが二枚、ハンドタオルが三枚、枕カヴァーを六枚、洗っているのだ。洗い、脱水、すすぎ、脱水、すすぎ、脱水、すすぎ、脱水と、機械は勤勉に働く。中途で気が変わって脱水をはしょったりはしない。川で洗濯をしていた時、空で光るものがあった。飛行機か鳥かと見あげているうちに、十年がたってしまった。深紅だったスカートはまだらになり、白いシャツは灰色の布へと変わっていた。下着は襤褸《らんる》となって淵に沈み、すぐそこにある淀みには、朽ちた燈籠が何個もたまっていた。死体ばかりが流れてゆく。ごうん、という音がして洗濯機が脱水をおこなう。何枚ものリネン類が回転槽の中でくるくる、くるくる、くるくる、まわりながら水を絞りとられてゆく。

電子音が洗濯の終わりを告げ、死体はすべて流れ去った。川に流された死体は、どれも見知らぬ者たちだった。もしや自分の死体もあるのではないかと思い、流れくる死体をたしかめつづけたが、同時存在で生体と死体として在るのは現実にはほぼ不可能なのだから、そんなものは流れてくるはずもなかった。

真夜中に香港のホテルの窓から落ちて死んだ友人の死体は、損傷が激しくて顔がふくれていた。さよなら、と言いながら棺の中に花を投げ入れた。五十年前、彼とはプールに行ったことがあった。深くて冷たい水の中、まだ少ししか泳げなかったわたしたちは、プールのふちにつかまって慎重に移動していった。泳ごう、と彼が言うので、二人してプールのなかほどをめざしたが、すぐにおぼれかけた。犬かきでプールのふちまで戻り、紫色になったくちびるをふるわせながら、プールサイドに上がった。水から出た体が突然重くなり、すぐにまた慣れた。重力って、たいしたもんだよな。利発な子どものくちぶりで、彼は言った。重力のために死ぬことになる五十年後のことを、むろんこのとき、彼はまだ知らない。

こおろぎに見られながら、ふたごの世話をする。ふたごは、ゆえあって短い間預かっている姉妹である。姉の名をはるかといい、妹の名もはるかという。同じ名同じ顔同じ体つきのふたごは、二人であって二人、二人であって一人。

なぜこんなふたごの世話などせねばならん。と、おりおりに首をかしげながら、来てしまったものは仕方ないと、世話にあけくれる。

人間それも子どもの体は熱い。ふたごなので、二倍増し。はるかとはるかは仲が悪い。こちらのはるかが廊下を駈けだせば、あちらのはるかは反対に駈けだす。目のゆきとどかないことはなはだしい。廊下は長く、こおろぎはそちこちで鳴いている。りりり、りりり、りりり。はるかはこおろぎに興味しんしんで、小さく熱く湿った手に持たんといちにち追いかける。加減を知らない子どもの力は、こおろぎをつぶしてしまうに決まっている。だからはるかがこおろぎを握りしめないよう、いちにち注意をおこたることができず、疲労困憊《こんぱい》する。こおろぎが哀れだからはるかを見張るのではない。始末が面倒だからだ。

面倒ならば、もうこおろぎのことなど案ずまい。そう決め、はるかを追いかけることをやめると、はるかはもう逃げない。寄ってくる。二人のはるかの、二人ぶんの体温。

あたしたち、かわいい？

はるかは口をそろえて聞く。

かわいくない。

正直に答える。

ううん、あたしたち、かわいい。かわいい。かわいいよ。

また口をそろえて言い返す。かわいい、という言葉は万能だ。かわいい、と言っただけで、かわいい心もちになる。そのままかわいいものをいくらでも思いうかべ連想は広がりしまいにことなる時間にのみこまれる。まぶたを閉じて有明の月のかすかな光を感じていた。月はかたぶき、日が昇るまでのわずかな闇に、まぶたがふるえた。かわいい。闇の中にいる何かが、かわいい。そのかわいいものに体をひきさかれ、むさぼられ、吸いつくされ、人間の皮だけになってしまってもいいくらい、かわいい。日が昇りはじめ、薄紫から橙、朱、あめ色、そして白へと光が変わってゆく。ついに地平線から日がまったき姿をあらわした時、まぶたはひらき、かわいいものは遠くへと去っている。

はるかは、かわいくないよ。

優しい声で念を押す。はるかは、会話に飽きて廊下に横たわっている。廊下には月の光がさしはじめた。こおろぎが、りりり、りりり、りりり、と鳴いている。

こおろぎに見られながら、伯母の体を拭く。あたたかくて、きもちがいいわ。伯母がうっとりと言う。父も母もここにはもういないのに、伯母はずっといる。祖父母も曾祖父母も去った。伯母はわたしが幼いころ、よく髪を梳《す》いてくれた。梳けば梳くほど、髪は柔らかくなった。月に一度、伯母はカステラを買いにでかけた。カステラの敷紙にひっついた茶色い部分を歯でこそげ取っていたら、祖母に叱られた。でもカステラはあそこがいちばんおいしいよね。ナミちゃんにこっそり打ち明けたら、ナミちゃんは大きくうなずいた。

ナミちゃんは伯母のねえやである。ねえやと言っても、伯母が小さいころにねえやとなったので、わたしが生まれた頃には初老の女となっていたが、伯母はいつまでもねえやと呼んでいた。

ナミちゃんは祖母を嫌っていた。なぜならナミちゃんが皿を割ったりおつかいに出て帰りが遅かったりすると、祖母はナミちゃんをつねったからだ。強くつねるのではないが、あれは怖かったと、ナミちゃんは何十年も言いつづけた。祖母はすでに弱り、初老となったナミちゃんをつねることはできなくなっていた。伯母はナミちゃんの言いなりで、カステラを買うときも、ナミちゃんの許可を得ていた。

ナミちゃんと伯母は、はなれに住んでいた。庭の奥にあるはなれである。祖父母が去り、長男であるわたしの父がいなくなり、わたしの母もいなくなると、伯母は母屋に移ってきた。ナミちゃんも一緒だった。

ナミちゃんは、百歳まで生きた。伯母は百五歳まで生きた。伯母の体を拭くのは、楽しい作業だった。体は白く、皺はたくさんあったが、いい匂いがした。祖父母が時おり伯母のもとを訪ねてくるのだと、伯母は言った。幽霊というのでもなく、自分がぼけたというのでもなく、実際に祖父母、すなわち伯母の父母が来るのだという。

来て、何をするの？

聞くと、伯母はほほえんだ。

カステラを一緒に食べたり。ねえやのこと話したり。おとうさまのお仕事場につれていっていただいたり。たまに喧嘩したり。

伯母は足が弱って歩けなくなっていた。でも、そんな話をしたおりには、枕元にカステラの屑が散っていたり、ねじ釘がころがっていたりした。そういえば、祖父はむかし、ねじ工場を経営していたと聞いたことがある。

伯母の体を最後に拭いたのは、秋だった。その時も、こおろぎが、りりり、りりり、りりり、と鳴いていた。こおろぎの鳴き声は、なんだか、きらいよ。ほらきれいな声でしょう、って、ちょっと、いばっているみたいなんだもの。伯母は言っていた。

こおろぎに見られながら、人形とあそぶ。人形は、なかなか言うことを聞いてくれない。

妹になって。頼んでも、無視する。それならお姉さんになって。それも無視。ならおばあさんの役させるよ。人形は喜んでおばあさんになる。おばあさんは世界でいちばんいい存在。智恵があって、包容力があって、魔法も使えて、意地悪も上手。

うらやましくなって、今度は自分がおばあさんになってみる。なってみると、いいことが全然ない。体は大儀だし、もの覚えも悪い、さっきの約束をもう忘れ、なかったことばかり覚えている。

家族ごっこはやめて、旅にでる。まずアフリカに行きましょう。それから、モンゴル。次はチリとコロンビア。またアフリカに戻って、北にあがり、ヨーロッパまで足をのばしてもいいわ。

人形はつまらなさそうにしている。そんな遠くでなくすぐそこの庭など旅すべし。人形は命ずる。しおしおと人形についてゆくと、庭は広大な宇宙に変貌し、どこまで行っても果てがない。こおろぎが巨大だ。りりり、りりり、りりり、と鳴く声も、耳をつんざかんばかり。たしかに伯母の言うとおり、こおろぎはいばっている。そのままこおろぎに喰われる。こおろぎは肉食であった。こんなことならば、もっと前につぶして始末すればよかったと後悔するが、後のまつり。こおろぎに喰われ、恍惚《こうこつ》として消えてゆく。人形だけが残り、いつまでも旅をつづけるのである。やがて冬が来れば、こおろぎも滅びる。りりり、りりり、と最後に鳴くのは、どのこおろぎであるか。

霜降《そうこう》

朝夕にぐっと冷え込み霜が降りる頃。

藤野千夜

霎時施《こさめときどきふる》

時雨《しぐれ》が降るようになる候。

十月二十九日から十一月二日頃。

❖霜始降《しもはじめてふる》

霜が初めて降りる候。

十月二十四日から二十八日頃。

❖楓蔦黄《もみじつたきなり》

紅葉《もみじ》や蔦が色づく候。

十一月三日から七日頃。

藤野千夜

ふじの・ちや

一九六二年福岡県生まれ。
一九九五年「午後の時間割」で
海燕新人文学賞を受賞しデビュー。
一九九八年『おしゃべり怪談』で野間文芸新人賞、
二〇〇〇年「夏の約束」で芥川賞を受賞。

人に会いに行く予定がなくなり、急にひまになったから鶴見に行くことにした。

何年か前から、いつかひまになったら鶴見に行きたいと思っていた。ただ、ふだん家で仕事をしていると、一日くらいひまになっても、いきなりどこかへ出かけようとはなかなか思わないものだ。少なくとも私はそういうタイプだった。腰が重い。だからちょうど出かける途中、それもわりと鶴見に近いあたりで、ふと時間に余裕ができたのはよかったのだろう。

しかも連日の酷暑が嘘のような、散歩するにはうってつけの、ひんやりとした午後だった。


鶴見にあるハイツで暮らしたのは、一九六〇年代の半ばから、一九七一年までだった。はじまりの記憶が曖昧なのは、ちょうど物心つくかつかないかの頃に、九州から転居してきたからだ。一学年上の兄は、福岡の音楽幼稚園に通っていたけれど、私は通わずに終わったから、だいたい三歳か四歳で鶴見に越したのだろう。音楽幼稚園については、名前以外なにも知らない。福岡のことで覚えているのは、庭でポーターという名の白い犬を飼っていたことと、そのポーターがたくさん子犬を産んだこと、あとはその子犬を、幼い私が抱いて外に出かけては、手ぶらで戻って母を慌てさせたということだったけれど、最後の一つは、のちに母から聞かされたエピソードと、当時の私が子犬を抱いている写真とが結びついて、大げさに記憶されたものではないかと疑っている。写真の私は、子犬の前足の脇あたりを雑に抱え、とても険しい表情をしていた。単に持ち方が下手くそで、子犬がずり落ちそうになって困っている顔なのだと思うが、まるで産まれた子犬すべてを、私がその顔でどこかへ捨てに行ってしまったような、そんなおそろしい出来事があったのではと長く怯えていた。

なぜならその後、子犬たちを育てた記憶がないから。

でも冷静に考えて、二、三歳の子供が、六匹も七匹もいた子犬をすべて遠くへ捨てて戻るのは難しい。母は専業主婦で、住まいは社宅、私は日中放置されていたわけでもなさそうだったから、おそらく母が気づいて子犬を探しに行ったケースも、確かに一度や二度はあったのかもしれないが、それだってすぐに見つけられる範囲にいたのではないだろうか。そうでなければ、わざわざそんな出来事を子供に伝えるとも思えない。

もちろん、揃って子犬たちが消えたのは、どこかよそのお宅へもらわれて行ったと考えるほうが自然だろう。

同じように、兄が音楽幼稚園に行くのを嫌がり、家を出てからこっそりどぶ川のような側溝に下りて隠れる場面を、私は二メートル後ろから見ているような映像で記憶しているのだけれど、そんな近い距離から、兄の登園姿（不登園姿だろうか）をじっくり観察できるはずもない。いくら住宅地にどぶ川の多かった時代とはいえ、やんちゃとは程遠い兄の隠れ場所として、側溝というのも不自然だった。

これもあとで母に聞いた話を、適当に自分の中でふくらませて、想像した景色を記憶したのだろう。兄が白いベレー帽をかぶり、半ズボンの制服を着て隠れているのも、そんな恰好で家の前に立つ白黒写真が残っているせいに違いない。

鶴見の駅からハイツまでは、バス通りを登って下る。

そこは一本道だったし、丘の上に總持寺《そうじじ》という大きなお寺があるはずだったから、うろ覚えの私の足でも行けるだろうと、スマホのナビは使わなかった。大阪万博の翌年、一九七一年に他県へ引っ越して以来の鶴見だった。

總持寺には今、昭和の大スター、石原裕次郎のお墓があり、最近のことは知らないけれど、以前は命日になると、ワイドショーがよく中継していた。サッカーJリーグ、横浜F・マリノスの選手や監督、スタッフたちも、シーズン開幕前には揃って必勝祈願をする（テレビ神奈川のマリノス応援番組『キックオフF・マリノス』が毎年のように報じている)。それらのテレビをたまたま見ると、あ、總持寺、と当たり前だけれど思う。私にとって、一番素朴に鶴見を思い出す機会だった。

ハイツでは、Jの二〇五号室に住んでいた。

町名と番地は忘れたのに、棟と部屋番号を覚えているのは、似た建物が並ぶハイツ内では、きっとそちらのほうが重要だったからだろう。

エレベーターのない鉄筋四階建てのハイツは、K棟まであって、横から見ると少し頼りないくらいスリムな建物だった。とくにJ棟の並びの四棟ほどは、ドミノ倒しのように、ちょんと押せばうまく倒れそうな、いい間隔で並んでいた気がする。

クリーム色の壁面、横から見える上方にそれぞれ棟のアルファベットが黒く書かれていた。

Jの手前がI。奥はK。Iの側からドミノが倒され、JがKを倒せば、その向こうに、總持寺の経営する保育園があった。私はそこに通った。夏にお寺が催す、子供映画のお楽しみ上映会にも行った。

『大忍術映画ワタリ』

という少年忍者の映画を見た覚えがある。人気コメディアンのルーキー新一が忍者のひとりに扮し、「いやーんいやーんいやーん」「これはえらいことですよ、これは事件ですよ」と当時のヒットギャグを会話の中に無理に混ぜ込むといったかたちで出演していたけれど、それは何年か前、ルーキー新一について気になったときに、探したＹｏｕＴｕｂｅでそのシーンを見たから知っていることだ。

もちろんそのときにも、總持寺の上映会で『ワタリ』を見たことを思い出したし、同時にハイツのことも思い出した。「昭和三十九年四月完成」だというハイツが、今もまだあるらしいとわかったのは、そのときインターネットで調べたからだった。

總持寺のあたりを左手に見て坂を下ると、ああ、ここだ、と思う場所についた。

ぼんやりと記憶にあった、横断歩道を少し越した先に理髪店がある景色とは違っていたけれど、お寺との距離感から言って、ここでバス通りを左に折れ、その道に入れば、すぐにハイツの敷地になるのは間違いなかった。

近くに教会もあったはずだ。お寺の保育園の園児でありながら、私は何度かそちらの日曜学校にも通った。やはり、映画の上映会があったように記憶している。ただ、總持寺のほうは大スクリーンの上、完全な娯楽映画だったのに対して、教会の上映作品は、なんとなく地味で子供受けはしなかった気がする。古い洋画だったせいかもしれない。『クリスマス・

キャロル』とかだっただろうか。

その道を入るとやはり右手にカトリックの教会があって、左手にはお寺の保育園の「園庭」だという、フェンスに囲われたなにもないスペース（行事にでも利用するのだろう。昔はなかったと思う）、そしてハイツの案内板が見えた。

半畳ほどの案内板に描かれた「配置図」によれば、ハイツは下の辺が長い「L」字形に配置されている。その長い下の一辺、北東から南西へ向かうこの道沿いに真っ直ぐ行くと、EからAまで、アルファベットの逆順に五つの棟がある。一方、左手に曲がって總持寺のある丘に向かうと、こちらは記憶していた通り、アルファベット順にH、I、J、Kの四棟が並んでいた。

FとGがないのは、取り壊されたのか、それとも、そもそもなかったのか。

とにかく私はE棟の手前、H棟とのあいだになる道を曲がった。ドミノ倒しのように、というのはさすがに言い過ぎで、実際には倒しても、うまく隣を倒せないような、ぎりぎり失敗の可能性を残した距離感で四棟は建てられていた。棟と棟のあいだに、舗道と、それぞれ建物沿いに芝生と小さな植え込み、奥の方にカーポートがある。

五十年ほど前に私が住んでいたハイツは、想像した以上に、そのままの様子で、つまりそれだけきちんとメンテナンスされた状態で今も建っていた。以前よりちょっと濃いめのクリーム色の壁面には、黒々とアルファベットが記されている。

H……。

I……。

J……。

各棟の前面には、階段の上がり口が三つ、ぽっかりと開いている。そこに戸数分、銀色の郵便受けが固まっているのが見えた。

J棟の前を曲がるとすぐ、一番手前にある階段の上がり口を覗いた。わざわざ部屋番号を確かめなくても、その上がり口をいつも使っていた。奥の上がり口から順に番号が大きくなってくるのだろう。

そこを二階に上がると、二〇五のドアと二〇六のドアが向かい合っている。

その頃、会社員の父は転勤族で、福岡の一軒家がそうだったように、Jの二〇五号室は借り上げの「社宅」だった。

向かいの二〇六も同じ会社の社宅で、勤めている父親同士は別の支店にいて、ここで会うのがはじめてといった様子だったけれど、ほぼ同世代の姉弟がいる一家だったから、子供同士はわりと遊ぶようになった。

ハイツの前庭で小さく縄跳びとかゴム跳びとかをし、通路を挟んで向かい合う、それぞれの部屋にも行った。部屋のつくりはだいたい同じようなものだったのだろう。とくに強い印象はない。かわりに印象に残っているのは二〇六のお父さんの姿で、よその家の迷惑を考えない子供が日曜日の午前中に遊びに行くと、決まって和服を着て正座し、書見台に向かっていた。なにか勉強していたのだろうか。髪の毛はたっぷりあったけれど、オバQに出てくるアメリカオバケ、ドロンパの居候する家の主「神成さん」みたいだと思った。

私の父はのちのアメリカ大統領、リチャード・ニクソンにちょっと似ていた。一九六九年に大統領に就任してからは、同じハイツのよその棟の人に、母がたびたび言われたようだ。顔が長方形で、おでこが広かったからだろう。母がその話を気に入って、いろんな人に繰り返すのも聞いた。

その父、我が家のニクソン大統領を毎朝、鶴見の駅まで送るのに、母は運転免許を取って、中古のサニーを買った。排気量一〇〇〇ccの白いサニーだった。近くの日産サニー販売店の電話番号が「２３３２」だったのを覚えている。その頃、私はもう小学校に上がっていた。

小学校は近隣に二つあり、近隣といってもどちらも結構遠かったせいか、どちらに行って

も いいようだった。ハイツ内の友だちでも、違う小学校に行った子もいた。「豊岡」というそちらの小学校は、歌手の由紀さおりも通ったことがあり、もうひとつの「東台《ひがしだい》」、私が上がったほうの小学校は、プロレスラーのアントニオ猪木の母校だと子供たちのあいだでは言われていた。真偽のほどは知らない。

毎朝、父が必ず車で送ってもらい、遅い帰りもバスかタクシーを利用していたようだったから、ハイツと鶴見の駅とはどれほど遠いのかと思っていたが、今日、大人になってはじめて駅からハイツへの道のりを実際に歩いてみれば、拍子抜けするほど近かった。

あれこれ昔を思い出しながら歩いたせいかもしれないけれども。小学三年の一学期までで越してしまったので、その頃、ひとりで駅に行った覚えはほとんどなかった。

「豊岡」は駅のほうの地名だったから、小学校もそちらにあるのだろう。H棟の友だちが「豊岡小」だったのは、ハイツ内から一番バス通りに出やすかったからかもしれない。

「東台小」へは、ハイツのA棟のほうへ向かうのが通学路だった。その道沿いにも、昔はどぶ川があったはずだ。同じ学年の男の子が、そこに落ちて頭を割ったという記憶がある。現場を見たわけではなかったけれど、ハイツの中では大事件だった。

A棟の脇を抜けてしばらく行くと、やがてそちらの丘に上がれる長い石段があり、それをせっせと登り、せっせと登り、そこからさらに二、三分、といったところに「東台」小学校があったはずだ。

集団登校ではなく、児童がそれぞれ勝手に歩いていたけれど、まだ子供の多い時代で、始業時刻に合わせて出発していれば、そこそこのグループで登校しているのと変わらなかった。

舗装されていない道も多く、子供たちはわざと水たまりに長靴で入り、木の葉の水滴を傘で落として歩いた。私はまったくそういうことをしないひとりだったが。

同じクラスに、クワタくん、というプロ野球選手の息子がいて、彼の家に大勢で遊びに行った覚えがある。大勢で遊びに行って大丈夫な豪邸で、リビングには立派なテレビが置かれ、その横には、テレビよりもっと大きな、お父さんのバッティング姿の写真が飾ってあった。セ・リーグのホームラン王だとか打点王だとかにもなったことのある大選手らしい。家の中にそんな大きなパネルがあるのを見たのははじめてで、ずっとそのパネルの印象がある。

クラスの担任は若い女の先生だったけれど、一年の途中で退職し、もう少し年輩の先生に替わった。最初の先生は、お母さんの看病をする、ということでやめたはずだったけれど、確か翌年、もとのクラスの生徒たちが二年になった頃に、ご自身が病気で亡くなったと聞いた。

兄はその頃、同じ小学校の「特殊学級」にいた。なんて嫌な名前だろうと、当時も思ったし今はなおそう思う。いつもにこにことやさしい兄だったが、知的障害があり、やがて側弯症という、背骨が曲がる病気だとも診断された。

その学級に入ってから、学校や行き帰りの道で、ぴりぴり、びくびくしていることが多いように感じたけれど、それはこちらの接し方のせいもあったのだろう。学年一つ違いということもあって、兄が誰かにバカにされたり、軽んじられたりするのを、たぶん私はうまく受け止められずにいた。きょうだいとして庇《かば》う気持ちがあるのと同時に、本当はもっとちゃんとできるのに、といつも悔しく思っていた。

誰かが不要なほど甘い声で、兄にやさしくするのも嫌いだった。

学校からの帰り道に、ハイツの庭でいじめられている兄を見かけて助けられなかったのも、そんな心理が影響していたのかもしれない。相手は上級生の三人組で、闘っても勝てない、という恐怖心はもちろんあった。リーダー格の上級生はハイツの子供で、兄のひとつ上、私のふたつ上の学年だったと思う。その上級生を中心に、兄をいじめながら私の反応をちらちらうかがっていたのも、平静を装いたい子供だった私には、爆発への歯止めになった気がする。それに加えて、ただ帽子を取られただけの兄が、この世の終わりのように泣き叫んで私に助けを求めたことにも困惑していた。

すぐ上級生たちに飛びかかって助けようときつく拳を握りしめながら、結局飛びかかることはできなかった。私はただ立ち尽くしていた。あれは七歳の頃だったか。

ハイツから母校へ向かおうと、E棟からA棟への道を歩いていると、ぽつり、ぽつりと雨が落ちてきた。

バッグから晴雨兼用傘を出して開く。この同じ道で、いじめっ子たちに傘を取り上げられたのを思い出した。

兄ではなく私だった。

あれは秋の終わりだった。雨がもう止んでいるのに、傘を差していたことを笑われ、お気に入りのそれをひょいと奪われた。漫画の絵がついた、黄色い傘だった。あれこれモノをほしがるほうではなかったけれど、好きになると執着が強いほうだ。ただ、反応はいちいち鈍かった。

返して、とも言えずに、手を伸ばすと、わざわざ細い骨を二本、三本と折ってから返してくれた。

秋なのに、冬を感じるような肌寒い午後だった。

ひんやり冷たい雨は朝から降り、学校を出るときにも降っていたはずなのに、いつの間にぴたりと止んでいたのだろう。

ちゃんとは閉じなくなった黄色い傘を無理に閉じて、持ち手を上に、その少し下、傘が勝手に開かないような位置を握って帰った。手がじんわり濡れて冷たかったけれど、持ち直して、また壊れた傘が開くのは嫌だった。あちこちにできた水たまりは、いちいちちゃんと避けて歩いた。

Jの二〇五のドアを開けて、玄関に入るまでは泣かなかった。

晴雨兼用の小さな傘を差し、丘に沿った道を歩くと、やがて中腹までの舗道と、そこに広い駐車場が見えた。まだ新しそうな道と施設だった。

その先に短い石段がある。

たぶんそれが昔登った石段の名残だろう。

駐車場まで歩き、以前の三分の一か四分の一ほど、十二、三段に減ってしまった石段を登ると、すぐに石で固めた斜面に突き当たった。その先は斜面沿いに、崖道を歩くようだ。転落防止の白いガードレールが道に取り付けてある。「老朽化のため　ご通行はお控え下さい」とそこに赤い文字で貼り紙がしてあった。

さすがに五十年も前に通った道では、老朽化もするだろう。もう私も老境……は言い過ぎでも、よくて人生の晩秋は迎えていた。

親切な忠告をこっそり無視して、石畳をコンクリートで補強したような崖道を進むと、今度は「学校敷地内　通り抜けご遠慮願います」と書かれた看板があった。私立の中学高校名が記してある。母校との間に新しくできたのか、それとも昔は通り抜けを許していたのを改めたのか。そういえばさっきハイツのJ棟から足を伸ばして、ちらっと見に行ったもうひとつの母校、總持寺保育園の脇にも、昔は誰でも上がれるお寺までの石段があったけれど、今は関係者以外が利用できないよう、ドアに鍵のかかったフェンスが取り付けてあった。

そこはもう学校の敷地内なのだろうか。様子を窺いながら、崖道をぎりぎりまで進むと、やはりその先に学校施設らしい建物がある。制服を着た生徒が歩く姿も見えたから引き返した。

石段を使って駐車場まで下りると、スマホのナビを立ち上げた。

傘を持ち直し、片手で苦手な入力をする。現在地から小学校まで、徒歩でのルートを検索すると、私立校の敷地さえ抜けられればすぐだったのに、はるか向こうを大回りして、二十五分ほどかかるという。

気がつけば、ずいぶん日がかげっていた。

いじめっ子たちには、それからも何度かちょっかいを出され、最終的には、校庭の朝礼台から突き落とされた。前歯を四本折って、歯茎がめくれ、大手術になった。永久歯の神経を取ってから、あらためて縫い付けるという、よくわからないけれど当時の最新治療をしてもらったが、以来、ずっと歯の不具合には悩まされた。一気に治そうと、ブリッジにしたのは案外最近、十五年くらい前のことだ。ずいぶんお金がかかって、そのときも上級生のことを恨みながら思い出したが、いじめっ子の上級生というだけで、顔も名前も覚えていなかった。

まだ歯を治す前、小説家になってインタビューを受けた。週刊誌に載る、新刊の著者インタビューだった。私の様子について、「前歯を見せないで笑う」と書いてあるのを読んだときには、よほど相手を不愉快にさせたんだろうなと思ったが、歯のことは言うなよとも思った。そのインタビューアーは、私の「最初の記憶」について訊ねたのだった。いろんな小説家に幼少期の記憶を訊ね、そこから作品の分析をしているらしい。そのときくっきりと頭に浮かんだのが、「音楽幼稚園に行きたくなくて、制服を着た兄がどぶ川のようなところに隠れている姿」というもので、自分の中ではいろんな思いやそのことへの説明、言い訳がありすぎて、とても平常心で喋れそうにない。

どうしよう、と悩んだ末、幼少期の記憶はとくにないです、と答えたのが不満だったらしい。インタビューの原稿は事前に見せてもらったけれど、前歯の件は地の文なので直さなかった。

平和病院。亀甲山《かめのこやま》。東寺尾……。今日一日で、ずいぶん忘れていた名前を思い出した。ずっと忘れていたのに、見た瞬間に、ぽん、と浮かび上がる。知っている、と気づく。昔流《は》行《や》った、オカルト雑誌の仲間さがしではないけれど、前世の記憶でも探るみたいだった。

ナビの示す道どおりに、かなり遠くへ行きかけてから、どう見ても途中、住宅の密集地を抜けて丘の上まで行けそうな階段がある。ダメだったらまた戻ればいいや、と指示を無視してショートカットすると、勝手にその動きに対応してナビは道順を変えた。到着までの所要時間も七、八分短くなった。

鶴見のあとは、父の転勤で千葉に越し、二年ほどでまた横浜に戻ることになった。

思い返せば、いろんな目に遭ったのに、その頃から嫌な記憶にぴたっと蓋《ふた》をしてしまう性格だったのだろう。

「今度また横浜に戻るけど、鶴見はどう？　もう一度住みたい？」

ハイツの知り合いともずっと連絡を取り合っているらしい社交的な母に訊かれて、

「住みたい」

と私は答えた。確かに知り合いや友だちは少しくらいなら私にもいて、まったく新しいところに転校するよりは気楽かもしれないとも思った。

ただ、兄ははっきり嫌だと答えたようで、結局、市内のべつの場所に越し、それから何回か、近くを移り住んだ。

どの家からも、車でなら鶴見はそう遠くはないはずだったけれど、電車はまったく沿線でもなかったし、なにより訪れる用事もなかったから、これまでずっと来たことはなかった。

母校に着いたときには、もう日が暮れていた。

校舎はたぶん建て替えられているのだろう。なにか特別に思い出すこともない。ただ校名だけ懐かしかった。

ナビを終了して、スマホで正門の写真を撮った。フラッシュに光るその写真でも添えて実家の兄にメールしようかと思ったけれど、鶴見にいる、と伝えるのはやっぱり気が引けて、やめた。

立冬《りっとう》

冬の気配が感じられてくる頃。

松浦寿輝

地始凍《ちはじめてこおる》

地が凍り始める候。

十一月十三日から十七日頃。

❖山茶始開《つばきはじめてひらく》

山茶花《さざんか》の花が咲き始める候。

十一月八日から十二日頃。

❖金盞香《きんせんこうばし》

水仙の花が咲き、かぐわしく香る候。

十一月十八日から二十一日頃。

松浦寿輝

まつうら・ひさき

一九五四年東京都生まれ。
二〇〇〇年「花腐し」で芥川賞、
二〇〇五年『半島』で読売文学賞、
同年『あやめ 鰈 ひかがみ』で木山捷平文学賞、
二〇一七年『名誉と恍惚』で谷崎潤一郎賞、
Bunkamuraドゥマゴ文学賞、
二〇一九年日本芸術院賞を受賞。
ほか詩、評論でも受賞多数。
二〇一二年紫綬褒章受章。

神田駅近くのガード下に間山《まやま》の行きつけの小汚い焼き肉屋があって、都心での用事が終わって時間が余ると何となくそこへ足が向き、ビールを飲みながら豚足を齧《かじ》っていたものだ。もう十数年前のことになろうか。

その習慣が途絶えてしまったのは、それがあるとき不意にたこ焼きと鯛焼きのチェーン店に変わってしまったからだ。小雨がぱらつく暮春のなま暖かい空気の中、駅から傘をささずに歩いてきた間山は、派手な制服を着た若い男女の従業員が鉄板のうえの小麦粉のかたまりを忙しく引っくり返しているさまを前にして、茫然と立ち尽くしたものだ。てっきりあると思いこんでいたものが突然なくなると、たとえそれが薄汚れた小店のようなものであれ、大袈裟に言えば足もとの地面が堅固なアスファルトからいきなりずぶずぶの泥濘に変わって、軀《からだ》がぐらりと傾くような崩壊感覚に襲われる。

以来、代わりの店を見つける気にはなれず、外で独り酒を飲むこと自体ほとんどなくなった。酒を飲みたければ、また豚足やカルビを喰いたければそのための場所はいくらもあるが、閒山にとってその焼き肉屋で独りで過ごす一刻は、通過する電車の震動、徐々に深まってくる夕闇、一見無愛想だが実はお喋りな店主の笑顔、有楽町と秋葉原の間の神田という街に特有のある種の倦怠の空気などと渾然一体となっていて、それと等価なものを自分のなかにもう一度構築し直すには時間がかかる。その時間をかけるのが閒山にはもう億劫になっていた。

だがそう言えば、もう店を畳もうかと思っているという話をあの店主からつとに聞いてはいたのだった。油染みて皺になった前掛けを締めたその髭づらの中年男は、閒山のほかに客のいない晩など、厨房から手持ち無沙汰の様子でふらりと出てきて、路上に出した安っぽい卓で一心に豚足と取り組んでいる閒山の前のパイプ椅子に勝手に座りこみ、煙草を吸いながらとりとめのない世間話をしてゆくことがあった。バブルの頃、法外な額の立ち退き料を提示されてねえ、まだおれ、血の気が多かった頃だし、何だかわけもなくむきになって、突っぱね通してしまったけれど、何であの話を受けておかなかったんだろう、馬鹿だったなあ。今となってみるとそうつくづく思うよ。

そんな愚痴をこぼすのに続けて、客足は減るいっぽうだし、もうここを畳んで一家でソウルに戻ろうかと思っているんだ、けっこう親戚もいるしねえ、などと洩らすこともあったのだ。ふーん、ソウルは何しろ面白い町だからなあ、それもいいかもしれないね、と閒山は酔いに濁った頭で適当な相槌を打ちながら、右から左へ聞き流していたものだが、その暮春の宵、とつぜん出現したたこ焼き屋の店頭で立ち尽くしたとき、あれであいつ、案外本気だったのかとやや悔いながら改めて考えた。もっともその店主がはたして本当にソウルに引っ越して、今では南大門市場のあたりで屋台店でも出しているのかどうなのか、それは知りようがない。

その焼き肉屋が消え失せてしまったことで、閒山と東京のそのあたりの一帯との間に残っていた縁《えにし》の糸の、最後の一本が切れた。そんな実感が残った。行きつけといっても毎週のように通いつめていたわけでもなく、月に一度、ないしふた月に一度、その程度の間合いで立ち寄るのが数年続いただけのことだ。そんな淡いつながりでも縁は縁で、いったん切れた縁を結び直すのは難しい。東京の東側の地域の空気にしんみり触れる機会がなくなり、呑み屋で一人で無為の時間をつぶすという習慣じたいも結局失って、それからもう十数年も経ってしまったことになる。

もっとも、十数年というのも何だかいい加減な言いぐさで、近頃ではおれの場合、何でもかんでも「十数年前」になってしまうようだ、というかすかな自嘲の思いが湧く。ふとしたはずみに何かが甦ってくるたび、あれはたしか――十何年か前のことだったかなと反射的に考え、それ以上の細かな詮索をする気にはならない、あるいはなれない。「十数年」「十何年」はとりあえずの便利な符牒のようなもので、そんな安直な符牒を貼りつけておけばそれで済むといった程度の記憶——旅の、出会いの、風景の、喜びや悲しみの記憶があるということだろうか。

ついでに言えば、「二十数年前」「三十数年前」という発想はなぜかない。そのあたりの年代の出来事のあれこれになると、時間的には現在からの隔たりが大きくても、むしろかっちり定まった記憶の遠近法のうちに案外明確な位置を占めており、そのときの自分の年齢なども結構はっきりと覚えているものだ。二十代、三十代の頃の自分の過去の光景には、ある種の秩序、ある種の文脈がかたちばかりのものであれ備わっているのに、中年期のいつ頃からか、そんな秩序も文脈も、順序も因果関係も、だらしなく崩れていったらしい。それを心地よく感じながら歳をとってきたらしい。

というよりむしろ、「十数年前」という漠然とした符牒を貼りつけておくほかはない、ある特有の記憶の領域というものがあるのではないか。そこに分類されるもののなかには本当のところは二十年以上前、さらには三十年以上前の出来事さえ含まれているのかもしれず、いやきっとそうに違いなく、しかしそれらぜんぶをひと括《くく》りにしていい加減な「十数年前」で済ませておく、安直な便法と知りつつ手を打っておく。そう暢気《のんき》に構えておくのが心の健康によいということか。

間山は日記のたぐいをつけたことがないし、仕事に使っていたスケジュール手帖は年度が終わるやいなやそのつどただちに捨ててきたので、そもそも何がいつ起きたかに関して今さら正確を期すことなど、所詮できようはずもない。これは年代不詳の――ないし不詳にしておきたい――記憶らしいと直感が無意識のうちにはたらくと、それを自動的に「十数年前」という合切箱にぽいと放りこんでしまう。いつ頃からかそんなふうに心が条件づけられてしまったのではないか。そのいつ頃とはいつのことなのか。十数年前だろうか。

どこに行き着くわけでもなく頭が尻尾につながって循環するそんな益体もない思考をぐるぐるとめぐらせながら、いま間山が芋焼酎をロックで飲んでいるのは、上野駅にほど近い居酒屋だった。一人で酒を飲む習慣が復活したわけではないが、上野でそんな時間潰しをすることが最近何度かあり今夜もまたそうしている。神田と上野では空気も人気《じんき》もかなり異なり、間山の生まれと育ちは上野のほうがむしろ近い。子どもの頃、広小路から池之端、アメ横あたりの一帯は、間山とその仲間の遊びのテリトリーの一角を占めていたものだ。

ここ二、三年、高崎で何やら、軽井沢で何やら、金沢で何やらと、いろいろな偶然が重なって北陸新幹線に乗らなければならない用事が増え、その日も暮れがたから上野の町をふらふら歩いていたのは、翌日の昼前から富山で開かれる予定のある会合に出ることになっているからだった。今夜のうちに富山に着いておきたいが、招待先がとってくれた宿は駅のすぐそばのホテルと聞いているから、新幹線に乗るのは最終便になっても構わない。自由席でたぶん座れるだろうと高を括って、指定席を予約してもいない。まだ七時を回ったばかりで、駅まではほんの数分で歩いていけるから、発車時刻ぎりぎりに腰を上げても何とかなるだろう。

神田の焼き肉屋のことがしきりと思い出されるが、それは懐かしむという感情とは少々違うもののように閒山は感じていた。過ぎたことは、過ぎたことだ。それよりむしろ、カルビいくら、上ミノいくら、センマイいくらなどと下手な字で書き殴った模造紙を貼りつけたガラス戸をめざして歩いていったのに、その代わりに小ぎれいなたこ焼き屋の看板が眼前にとつぜん出現した、あのなま暖かい暮春の宵《よい》の衝撃のほうが何か気にかかる。あれ以降に経過した十数年はおれにとっていったい何だったのか。いや、その十数年という感覚じたい、考えだすと何かたまらなく不思議なものと思えてくる。

そこは昔の東京にはあまり存在しなかったはずの二十四時間営業という居酒屋で、店内はかなり広く、八人掛け十人掛けの卓がずらずら並んでいる。平日のせいかそう混んではおらず、八人掛けの卓の隅の壁ぎわに座っている閒山の周りはがらんと空いている。魚が自慢の店らしいが閒山は七味をたっぷりふりかけた豚もつ煮を食べていた。長引いた残暑がようやく収まった後、「秋晴《あきばれ》」とか「秋澄む」といった季語にふさわしい天気はほんの短期間で終わって、氷雨の日々が数日続き、今日は雨こそ上がったがいきなり身に沁《し》むような寒さになった。何か熱いものが喰いたかった。舌が火傷するような豚もつの二、三片を嚙みしめ、嚙みくだき、口に含んだ焼酎で冷ましつつ胃に送りこむと、今度は胃から発したぬくもりが軀中にじんわりと広がってゆく。人心地がつくとはこういうことを言うのかと思う。

向かいの卓の、閒山の斜め前あたりに座っている男女の会話が聞くともなく耳に入る。中国語訛りが強いがけっこう語彙《ごい》の豊かな日本語で達者にまくし立てている、ちょいと可愛い顔をした女は、二十代後半という歳恰好で、何やら芸能関係の仕事をしているらしい。台北の何なにという事務所の所長さんはワタシをとても買ってくれたのよ、大阪の何なにという事務所のマネージャーはワタシのことを全然わかってくれなかったのよ、ワタシはワタシは と、話は終始自分のことばかりだ。四十恰好の相手の男のほうは明らかに日本人で、笑顔でおとなしく相槌をうち、ときどき当たり障りのない質問をして女の話を引き出しつつ、要所要所で抜かりなくお世辞を差し挟む。仕事関係の付き合いではないようで、しかし友達同士、恋人同士と言うにはどこかよそよそしい距離感がある。

可愛さで売るにはもう薹《とう》が立ちすぎて、かと言って美人というほどの存在感はなく、うわっ調子な喋りようの底から軽い焦燥が滲《にじ》み出ているその女は、さしずめ売り出しそこねの元アイドルといったところか。男のほうは女の焦りにつけこんで、もう少し酒を飲ませたところで口説きにかかろうという魂胆か。閒山はそんなふうに当たりをつけ、しかしそこで興味を失った。いったん興味を失うと、女の押しつけがましい甲高い声も店の奥の大型テレビに映っている野球中継ほどにも気にならなくなる。

手をあげて、あのね、と店員を呼ぶ。ほうれん草のごま和え、ぶり大根、それから焼酎のお代わり。かしこまりましたあっ、と威勢よく応じてから厨房に向かって閒山の注文を繰り返した女は、髪を真っ黄色に染めたたぶんはたちそこそこのヤンキー娘で、人懐っこい笑顔を浮かべながら、あっ、これ取り替えます、と言いながら閒山の前の吸い殻の溜まった灰皿を持ち去り、新しいものを持ってきてくれた。

娘はその後、客が少ないので暇らしく、同僚のこれもまた金髪の娘とお喋りに興じはじめたが、その二人のはきはきしたやりとりが今度は閒山の意識に入ってきて、と言っても内容はほとんど抜け落ちて、ただその表情と歯切れのよい喋りかたのリズムだけに注意が向かう。やっぱりこのあたりの土地がおれの、故郷と言えば故郷なのかな、という日頃あまり考えたことのない感慨がふと浮かぶ。およそ傲慢さ、陰湿さ、気位の高さとはいっさい無縁で、明るくはきはき喋り、相手を気遣う言葉を物怖じせずにすらりと口に出す、ここはそういう土地柄だった。閒山自身も含めて小学校の同級生はおおよそ小商いや職人の家の子どもばかりで、小さい頃から大人の仕事を間近に見て育ち、隣り近所との距離が近いから、どんな不快なことがあろうと人前ではそれを押し隠して笑顔でいなければいけないと知っている。何か思い立つと、あれこれ慮《おもんぱか》って迷うより先にまず腰を上げる、軀が動く。良く言えば気が利く、機転が利く、悪く言えば利きすぎる、さらに言うならおっちょこちょい。

実際、おれの小学校の同級生にあんな女の子たちがいたものだ、という思いに続いて、やあきみたち、久しぶりだなあ、あれから大きくなって、今はこんなところでこんな仕事をしているのかい、という時間の先後の混乱した奇態な錯覚が、酔いが回って混濁しはじめた頭をよぎる。小学校の同級生のIさんだのSさんだのは、近況はまったく知らないけれど、もちろん今では閒山と同じように白髪交じりの六十代の女性になっているはずだった。妙に馴れ馴れしい笑顔を向けて気持ち悪がられないように注意しながら、ぼそっとした声でまた焼酎のお代わりを注文する。

もう行きつけの店なんぞをつくる気はおれにはないな、と閒山は考えた。そのつど手近な店に飛びこみ、手近なものを喰い、手近な酒を飲んでいればそれでよい。朝鮮焼き肉屋だってこの界隈にはわんさとあるぞ。それにしてもこの歳になってこんなふうにまた東京の東側に戻ってきたのは、何とも面白いことではないか。そう考えると口の端におのずと笑みが浮かぶ。昨今急に外国人観光客が増えた上野のアメ横界隈は、パンダ人気だの、西洋美術館本館の世界文化遺産登録だので浮き足立っていて、そのはしゃぎようが少々気に障らなくもないが、この喧騒、この混沌とした欲望の沸騰は、それはそれでけっこう面白い。

物欲しそうな顔つきのよそ者ばかりが右往左往しているそのなかに、おれもまた身を溶けこませ、よそ者みたいな顔で徘徊する。目についた適当な店に一見客《いちげん》としてふらりと入り、焼酎を少しずつ啜《すす》っていい気な白昼夢に身を委ねる。かつて自分がまだ車の往来も少なかった春日通りや昭和通りを自転車で走り回り、山下の映画館で『サイコ』の封切りを見て戦慄したりしていた、そんな少年だったことなどおくびにも出さず、よそ者の顔と身のこなしのまま、勘定を済ませてまたふらりと路上に出てゆくのだ。

気がつくと富山へ行ける新幹線の最終はもう出た後だったが、しまった、しくじったという動揺はなぜかほとんどない。深夜サウナかカプセルホテルで適当に時間をつぶして朝の新幹線に乗ればいいだけのことだ。それより、この宙ぶらりんな時間のなかにもう少し身を浸していられるという喜びのほうが大きかった。

それから後の記憶はあまりない。その居酒屋を出て、雑踏の中を歩き回り、二十四時間営業という店がけっこうたくさんあるのに驚きながら、前のと似たような居酒屋を二軒ほどはしごしたようだ。その二軒のどちらかでは卓のうえに突っ伏してしばらく居眠りしていたようでもある。誰かがそっと肩を揺すって遠慮がちに起こしてくれたようでもある。一気に酔いつぶれて吐いたりしないように気をつけて、少しずつ飲みながらいつまでも酔いつづけるという芸当ができるようになったのは年の功というものか。

中央通りの交差点で信号が青になるのを待っている自分に気づいて不意にはっきりした意識が戻り、どうやらおれは不忍通りに入って湯島のほうへ行こうとしているのかなと訝《いぶか》った。恐ろしく寒い。後ろ手にごろごろ引いていたキャスター付きキャリーバッグのチャックを開け、ぎゅっと丸めて詰めこんできた厚手のダウンジャケットを引っ張り出して、もぞもぞと着込み、するとぐっと気分が良くなった。富山は寒いだろうと考え、ちょっと大袈裟すぎるかと苦笑しながら持ってきたのが役に立った。さて、それでどうする。湯島のあたりは土地勘がほとんどない。駅のほうへ戻ってゆけばカプセルホテルのたぐいはすぐ見つかるだろうが……。真夜中をずいぶん過ぎたこの時刻になると、さすがに人通りはぐっと減っている。いや、この時刻などと言うけれど、いまはいったい何時頃なのか。それを知るには、バッグのなかの小ポケットにスイッチを切って放りこんである携帯を取り出さなければなるまいが、それも億劫だった。さあ、どっちへ行く。通りを渡れば、斜め向こうには不忍池が広がっているはずだが……。

そこでまた意識が途切れ、次に気づいたときは固い木のベンチに座って頭をこくりと垂れていた。尿意がどうにも抑えきれなくなって目が覚めたらしい。首すじがずきずき疼《うず》くのをこらえながらゆるゆると頭を上げ、目を開くと、木の茂みがあり、その向こうには旺盛に茂ったハスの群生の広がりが見え、その隙間に覗く水面が仄《ほの》かに光っている。不忍池だろう。左右の膝の間に律儀にキャリーバッグを挟みこんでいるのは、眠りこんでも盗られまいという精いっぱいの用心か。我ながら何やらいじましい感じがしなくもない。

首すじだけではなく、背を斜めにしてベンチに浅く掛けていたので、不自然な負担がかかりつづけていたあばらや腰も痛い。飲みすぎが祟って頭も痛い。吐き気もひどい。ダウンジャケットを染み透ってくる寒気で軀中が凍えきっている。閒山はよろよろと立ち上がり、大きく一つ伸びをした。五十メートルほど先に、弁財天を祀《まつ》っている弁天島へ続く橋があるのが見え、それでだいたい自分の位置がわかった。岸辺の遊歩道に沿って立ち並ぶ水銀灯が点いてはいるが、池の水面が仄かに明るんでいるのは、曙光の最初のきざしがもう空気のなかに漲《みなぎ》りはじめているからだろう。

こんな最悪の体調で、新幹線に乗って富山くんだりまで行き、会合に出るのか。電話をかけて急病だと言ってキャンセルしてしまうか。それで先方が大して困るとも思えない。ともかく駅のほうへ戻ることにしよう。しかし、それより何より切迫していることがある。

閒山は左右を見てひと気がないのをたしかめたうえで、ベンチのすぐ前の柵を乗り越え、土が剝《む》き出しになっている水ぎわの緑地にこそこそと入ってゆき、木の根もとの下生えに向かって立ち小便をした。いつまでもじゃあじゃあ出つづけた小便がようやく止まると、閒山は一物をしまいこみもせず、そのまま木の幹に片手を突いて軀を支え、さらには額まで押しつけてがんがん痛む頭を支え、軀を動かしたことで急に激しくなった吐き気が多少なりと収まるのをしばらく待った。何か酒臭いような自分の小便のにおいが疎ましい。胃のなかのものをここにぶちまけるのだけは、何とか願い下げにしたかった。何が年の功だ、笑わせるな、と思った。この十数年……と意味なく思った。

一物をようやくしまってズボンのチャックを上げ、池の水面に目を投げた。ところどころに薄い氷が張って、射し初めてきたばかりの曙光を反射し、しらじらと輝いている。地面を靴でにじると、霜柱がざくざくと割れる感触がある。いつの間にかもう霜の降りる季節になってしまったのか。これからいよいよ寒くなる、これから来る寒さはこんなものではないぞ、と自分に言い聞かせながら、また柵を跨いでベンチの前へ戻り、キャリーバッグの取っ手を摑《つか》んで、さあ行くか、と気合いを入れる。十数年前……という便利な符牒の耐用年数じたい、どうやら切れかけている気配だな、とふと思った。

小雪《しょうせつ》

そろそろ雪が降り始める頃。

朔風払葉《きたかぜこのはをはらう》

柳　美里

冷たい北風が、
木々の葉を払い落とす候。
十一月二十七日から十二月一日頃。

❖虹蔵不見《にじかくれてみえず》
虹を見かけることが少なくなる候。
十一月二十二日から二十六日頃。

❖橘始黄《たちばなはじめてきなり》
橘の実がだんだん黄色くなる候。
十二月二日から六日頃。

柳　美里

ゆう・みり

一九六八年茨城県生まれ。
一九九三年『魚の祭』で岸田國士戯曲賞、
一九九六年『フルハウス』で泉鏡花文学賞、野間文芸新人賞、
一九九七年「家族シネマ」で芥川賞、
一九九九年『ゴールドラッシュ』で木山捷平文学賞を受賞。

どこへ行けばいいのか？

いくつかの選択肢はあったけれど、それが正しいのか間違っているのか、わたしにも母にも判断できそうになかった。そうこうしているうちにお盆が過ぎ、秋のお彼岸が近づき、今年の暦も残り少なくなってきた。母と目が合ったら、その話をしなければならないような気がして、母を見るのは、母から見られていない時に、ちらっと盗み見する程度になった。

来年三月三十一日の期日までに、仮設住宅を退去する手続きをしなければならない。

帰る場所は、無い。

わたしたちの家は、避難指示が解除された二年前に解体された。

あのマグニチュード9・0の地震で屋根瓦が落ちたりズレたりしたが、屋根をブルーシートで覆うという応急処置さえできないまま、原発事故によって避難しなければならなくなった。最初の一時帰宅はちょうど梅雨時《つゆどき》で、二階の天井にいくつも雨染みができていて、その周りに煤《すす》色、青緑色、白、黄色、赤、赤紫、ピンク、色とりどりの黴《かび》が広がっていた。二度目の一時帰宅の時には、天井が抜けてその下の床が腐ってぶかぶかし、大きさの違う糞が床一面に散らばっていた。警戒区域内の家にはネズミ、イタチ、タヌキ、アライグマ、ハクビシンなどが住み着いているという噂は耳に入っていたが、実際にわたしたちの目の前を大きなネズミがゆっくり通り過ぎるのを見た時、ああ、この家にはもう帰れないのだなと思った。

バリケードを出て、スクリーニング場で防護服と線量計を返却する。サーベイメーターで車のタイヤや靴の裏などを測ってもらって問題のない線量だったら、そのまま帰ることができる。

ネズミと遭遇した帰り道、スクリーニングを終えてハンドルを握った途端に、眠りに全ての意識を吸い取られそうになった。もうひと思いに眠ってしまおう、と意識の半分が眠りに寄りかかって、アクセルを踏みかけた瞬間、「お母さんは、もう、いい。あの家は、今日でおしまいにしよう」という母の水っぽい声が聞こえた。

市役所に行き、家屋解体の申請を行った。

「家の中にある物で必要ない物は、そのまま解体時に処分します。必要な物は、解体工事が始まるまでに持ち出してください。ただし、避難区域内から持ち出せる物は、スクリーニングを受けて基準値を下回る物のみとなります。屋外にあった物は、ご自身で飼われていた犬や猫以外は持ち出しをお控えください。外気にさらされた物は線量が高い可能性がありますからね」と説明を受け、天井が抜けて雨漏りがしているのだから、屋内も屋外と同じ線量なのではないかと思い、母と話し合ってピアノも含めて全部丸ごと処分してもらうことに決めた。

わたしたちの心は、取り返しがつかないほど乱れ、傷ついていた。何をする気力も起きず、あくびや溜め息ばかりが口の中からはみ出し、立ち上がると目眩《めまい》でぐらぐらして、この世から引き抜かれそうな気がした。

夕方のローカルテレビは、原発廃炉作業の進捗状況や家屋解体や避難生活や帰還住民数が報道されることが多いので、要注意だった。ある日のこと、俎板《まないた》の上で秋刀魚《さんま》のはらわたを出していたら、テレビから「仮設住宅での暮らしを、失われた日々にしないでほしい。日記を付けたり写真を撮ったりして日々の暮らしを記録しておけば、生活再建後に振り返ることができる」という大学教授だとかいう男の声が割り込んできた。

「失われた日々？　なんにも知らない癖に！」と母はコオロギのような細い声で叫んだ。

五帖の居間に台所とトイレと風呂——、仮設住宅の床面は服や物で見えなくなり、二組の布団を並べて敷くことはできなくなっていた。わたしは、こたつに脚を突っ込んで寝ていた。冬場はユニクロのフリースやダウンジャケットを着込んで寝れば、寒くはなかった。

九月の終わりだった。

日中は二十度を超えるぐらいだったけれど、夜は十五、六度まで気温が下がり、もう半袖は要らないね、そろそろ衣替えをしなければね、冬物少ないから、明日イオンに買いに行く？などと話をしながら眠りに就いた。

夢を見た。

仮設住宅ではなかった。

住んだ記憶の無い家だった。

わたしは誰かに向かって怒鳴りながら、本棚に手を突っ込んでは、壁や床に本を叩きつけていた。

自分の叫び声で夢は破れ、家も本棚も本も消えて無くなったが、わたしは目を開けなかった。

チュンチュン、とスズメの鳴き声が聞こえた。

お隣の独り暮らしのおばあちゃんが餌付けしているスズメたちだった。

炊飯器の米が炊き上がった匂いが部屋中に立ち込めていた。

静か、だった。

朝食と昼食は母の係、夕食はわたしの係と当番を決めていた。

いつもなら、味噌汁の具や、お浸しの小松菜やほうれん草を俎板で切る音が聞こえるのに、なんの音もしなかった。

「お母さん」声を出してから目を開け、頭を倒してみた。

天井に突っ張っている部屋干し用のポールハンガーに、湿った旗のようにシーツが垂れ下がっていて、母の布団が見えなかった。

「お母さん？」立ち上がって布団を覗き込むと、目が合った。

母は目を見開いたまま、息絶えていた。

１１９番に電話をした。

救急車の音が近づいてきて、停まった。

なに、どうしたの？とお隣のおばあちゃんが慌てる声が聞こえた。

救急隊員が入ってきた。

ご家族ですか？

娘です。

いつ、発見されましたか？

さっき、起きたら……

最後にお元気だったのは？

眠る前……昨日の、夜十時過ぎです。

救急車に乗って病院に行った。

くも膜下出血。

死後四時間は経過している、ということだった。

くも膜下出血の前兆としては、頭痛と吐き気がありますが、そういうことはなかったですか？と医者に訊ねられたが、口から言葉が出てこなかった、何も——。

火葬を終えて、母の遺骨を仮設住宅に持ち帰った。骨壺をこたつの上に置いて、ひと息もつかずに、わたしは遺品の整理をはじめた。あの日から母と二人で手を取り合って闇の中を歩いてきた。いま、母の手を振りほどかなければ、わたしはもうこのまま死ぬより他に道は無い——。

母の布団はビニール紐で縛って小さくまとめた。

母の服はゴミ袋に入れていった。

母の寝床の横の押入れを開けると、たくさんの紙箱が重ねられていた。何も入っていない菓子箱だった。ざっと見て、五、六十はある。母は、昔から空箱や紙袋や包装紙やリボンを大事に取っておく癖があった。でも、この七年の間に、こんなにお菓子を食べただろうか？

なにこれ、お母さん……

と声にしかけて唇に力を入れ、紙箱に手をかけては角を切って開いていった。中には、これはわたしでも取っておいたかもしれないと思うような美しい色合いの箱や一生持ちそうなしっかりした箱もあったが、手に弾《はず》みがついて、もはや止めることはできなかった。最後に残ったいちばん奥の白い正方形の箱に手をかけた時、箱の中で何かが滑る音がした。

蓋《ふた》を開けると、桐の小箱だった。

臍《へそ》の緒が収めてあった。

小箱の裏に紙が貼り付けてあった。

母の筆跡だった。

母の名、生まれた月日、出生地は合っていた。

父の名が違っていた。

仁澤？

見たことも聞いたこともない名前だった。

誕生した子の名を書くべき氏名欄には、ボールペンで黒く塗り潰した跡があったが、一文字目の姿は残っていた。

酒、という字だった。

わたしは、インターネットで調べてみた。

酒が付く苗字だとしたら、当時母が暮らしていた茨城県に多いのは、酒井――。

酒井仁澤、で検索したが、ヒットしなかった。

仁澤が苗字だとしたら、岡山県にしかない珍しい苗字だ。

もう一つの手がかりは、病院名だ。

その産婦人科医院はずいぶん前に閉院し、医院長は二〇一三年九月に八十五歳で他界していた。

仮に、わたしを取り上げた医師が生きていたとしてもだ、母は彼が担当した何万人もの妊婦のうちの一人に過ぎないし、母が出産前後に秘密を打ち明けていたとは思えない。

秘密——。

わたしはハネムーンベイビーで、妊娠八ヵ月の早産で生まれた。

父と母が別れたのは、わたしが五歳の時だった。

父の母に対する暴力は日常的なもので、何をきっかけに殴られるのか、母には見当もつかなかったそうだ。

父は、母の左耳の鼓膜を破った。

母は父から行方を晦《くら》ますために、自分の実家ではなく、縁もゆかりもないこの地にわたしと二人で逃れた。

そういう話を聞いたのは、二十歳を過ぎてからだった。なんで、警察に被害届を出さなかったの？と訊ねると、警察に夫婦喧嘩の延長だと思われたら、あの人は逆上してわたしとおまえを刺し殺していたかもしれないから、と母は言った。

母は、東京電力や関連企業の給食業務を請け負っていた会社の寮に入り、原発内の食堂の調理や下拵《ごしら》えを仕事にして、わたしを育て上げ、東京の音大に入れてくれた。

結婚を意識して付き合っていた人はいたけれど、わたしは一人娘だから、大学を卒業したら地元に帰って母と同居すると言うと、おれだって一人息子だと言われて、別れることになった。

母と二人で暮らすために中古住宅を購入した。

わたしはピアノ教室を開き、母は寮を出てからも通いで調理会社で働いていた。

父にまつわる細かいことは、訊いたことがない。

でも、確かに、母の左耳は聞こえが悪かった。

父の母への暴力の原因に、わたしの存在があったのだろうか？

「仁澤さん」が母と同じぐらいの歳だとしたら、七十代だ。

生きている可能性が高い。

探す？

見つけたとして、どうするの？

母の妊娠を知らないで別れたとしても、母の妊娠を知った上で別れたとしても、おそらく結婚して、子を儲け、孫がいてもおかしくない「仁澤さん」にとってわたしは、不都合な存在であることだけは間違いない。

わたしの父は、誰なのか？

知りたい。

でも、母に訊ねることができない以上、知ることはできないのだ。

母が生きていたとして、わたしは母に「わたしの父親は誰なの？」と訊ねることができただろうか？

母は、生命保険に入っていた。

受取人は、わたしだった。

母には、わたししかいなかったから。

南相馬市の空き家バンクで調べて、母が遺してくれたお金でちょうど買える空き家を探した。

家を新築するエネルギーは無かった。

小高駅の近くに、震災の七年前に建てたという家を見つけた。

不動産屋に内覧させてもらうと、フローリングの床も畳もネズミの糞だらけで、障子紙、柱、扉、あらゆるものがネズミにかじられ、和室の長押《なげし》の中もネズミの糞がびっしり詰まっていた。

旧警戒区域の家は、外見が大丈夫でも水回りとか電気系統とかを、全部とっけねえと使わんにから、不思議ですよね、使うと劣化するって普通は思うんだげんちょ、使わねとダメになんですからね、と不動産屋は言った。

売主は母親と息子の二人家族で、歳の頃も母とわたしといくつも違わなかった。

銀行の応接室で土地売買の契約書を交わした。

全ての書類にサインと捺印をし終わり、所有権がわたしに移り、息子から家の鍵が手渡された時、彼の母親が「なんだか複雑……長年暮らした家を……」と唇を震わせた。すると、「原発事故さえねければ、死ぬまであそこで暮らさっちゃのに……」と息子も両頬を強張《こわば》らせた。

二人の荷物が運び出された翌日から、水回りと電気系統の工事、ハウスクリーニングに入ってもらい、最後に玄関の鍵を変えてもらった。

引っ越しの日取りを決めて、仙台のＩＫＥＡで新しいカーテンや家具を選んで配送の手続きをした。仙台から常磐線で小高へと向かい、スリッパなど細々とした荷物を玄関に置いて、小高川沿いの道を歩くことにした。

川べりの遊歩道は桜並木だった。

西からの乾いた風が、桜の木の天辺あたりでびゅうっと渦巻き、枯れた葦《あし》の群れをざわめかせて、足元の木の葉をぱらぱらとめくって走り去っていった。

二〇一一年三月十一日までは、母と散歩をするのが日課だった。母は七十歳を過ぎても、背中と首を真っ直ぐにして一定の歩幅と速度で歩き、もの問いたげな眼差しをはるか遠くに向けていた。

その孤独を感じさせる静かな眼差しが、わたしは好きだった。

子どもの頃、母はよく自分の指を櫛《くし》がわりにして、わたしの髪の分け目を左側に移してくれた。

母に髪を編み込んでもらったり、ポニーテールにしてもらったりするのが、好きだった。

わたしの髪をいじりながら母が歌うでたらめな鼻歌が、好きだった。

母の顔が次々と通り過ぎていく。

でも、わたしは、母の何を知っていたというのだろうか?

いつだったか、「お母さんにはね、墓場まで持って行く秘密があるのよ」と母が言ったことがあった。

もしかしたら、娘のわたしに「なんの秘密？」と訊いてほしかったのかもしれない。あれを言った時、母は後ろ向きだった。

撫で肩の上に伸びた長い首、白いレースのカーディガンを羽織っていた――、あの姿は、わたしの心の内にしっかりと保存されている。

五歳の時に別れた父にまつわる秘密を打ち明けられるのかと思い、わたしは身構えてしまったのだ。重い罪を犯して刑務所に入っているとか、実はもう死んでいるとか、いずれにしろ、わたしは父のことなど聞きたくなかったから、聞かなかったことにして話題を変えた。

あの時の母は、どんな顔をしていたのだろうか？

母の顔がわたしの方を向いていたら、わたしはごく自然に訊《たず》ねていたかもしれない。

「秘密って、なに？」

「………………」

「いいよ、聴いても」

海の方角には白灰色の靄《もや》が立ち込めていた。

津波は小高駅を越えてうちの二軒隣まで到達したという。

うちは、海から三キロくらいだろうか？

うち……

わたしのうち？

あの家も避難先のようにしか思えない……

何年かは働かないで食べていけるぐらいの賠償金はある。

でも、何年か経ったら、わたしは何をして生きていくんだろう？

ピアノ教室？

ここで？

小高の人口は震災前は一万三千人だったが、震災から七年が過ぎても三千人しか帰還していない。

しかも、その半数が六十五歳以上のお年寄りだそうだ。

ピアノを習いそうな年齢の子どもは何人いるんだろう？

でも、いまは、先のことは考えない。

先のことを考えようとすると、仁澤、という名前に送り返される。それは宙に浮いたままで、どこか別の場所に追いやることも、着地させることもできない名前だ、たぶん、一生——。

出発点にも終着点にもならない、自分の容量を超えた問いに抱え込まれるのは、辛いことだ。

わたしの存在は、仁澤さんのせいで不明瞭であやふやなものになってしまったけれど、この世界だって、明瞭な輪郭を持っているとは到底思えない。あの地震と津波と原発事故を明確に予想していた人は一人もいない。だとしたら、また、いつか、予想だにしない新しい出来事が炸裂しないとは限らない。それは未来に起きるとは限らない。過去に起きた出来事に待ち伏せされることだってある。

仁澤さん、みたいに——。

お酒を呑めればよかったのに、と思う。ビールやウイスキーやワインを自分の中に流し込むことができれば、ぐでんぐでんに酔っ払って、自分も世界も何もかも不明瞭にすることができたかもしれないのに——、過去も未来も無い時間に身を退けることができたかもしれないのに——。

母は、コップ一杯のビールで顔が真っ赤になる人だった。

わたしがアルコールを受け付けない体質なのは、母からの遺伝だろうか？

仁澤さんも下戸《げこ》なのだろうか？

一時間歩いた。

道の向こうでカラスが枯葉を踏んで歩いていたり、川の中からカモが飛び立ったり、電線にとまっていたスズメの群れが豆のように空にばらまかれたりはしたが、人とは誰ひとり擦れ違わなかった。

どうしても、家の窓に目がいく。
二、三日で帰れるだろうと身の回りの物だけ持って避難したまま警戒区域として閉ざされたので、無人の家でも窓辺には観葉植物の植木鉢が飾られ、洗濯物が干してあったりする。そのカーテンや洗濯物はぼろぼろで、観葉植物は枯れていたりするのだが、よく見なければわからない。
日が落ちれば一目でわかる。明るい窓が帰還者の家で、暗い窓が避難者の家だ。家は、一家の歴史を記憶している。夜、この町を歩くと、黒い窓が目のようにわたしを見つめているように感じることがある。んだげんちょ、遮光カーテンを引いたりして明かりを漏らさねようにしているお宅もあんですよ、と不動産屋から教えてもらった。震災前はみんな顔見知りだった人だげんちょ、除染とか原発の作業員が増えておっかねから、と——。

時折、風に乗って工事の音が流れてくる。

音だけでは、建てているのか壊しているのか聞き分けることはできない。

いま、リフォームしているお宅の人は、クリスマス前の完成を目指し、自分の家で年を越したいと思っているのだろう。

季節は寒さに向かっている。

まだ底ではない。

もうじきこの川にも白鳥が飛来し、家の中でも息が白くなるぐらい寒くなる。

そして、真冬の静かな闇の中で年が明ける。

踏切の音がして振り向くと、一時間に一本しか通らない浪江行の常磐線が鉄橋を渡っていくのが見えた。

脈打つような線路の音だった。

川面《かわも》に映る列車が美しかった。

ここに母がいたら、きれいねぇ、と橋の欄干を両手でつかんで川を覗き込んだことだろう。そう思うと、母といっしょに歩き、眺め、語り合った景色の全てが自分の内側から発光しているようで、迷子になってわからない道を闇雲に歩いているような気持ちが、少しだけ薄らぐのを感じた。


引っ越しの日がやって来た。

いま地震が来ても大丈夫なように、母の遺骨をリビングテーブルの真ん中に置き、家の中を点検して歩いた。

寝室にしようと決めていた二階の和室の障子戸を開けた。

日めくりカレンダーがあった。

11
金曜
3月　弥生
後生、おそるべし

厚紙の台紙に、2011という金文字が箔押《はくお》ししてあった。

何故、こんな壁のど真ん中にある日めくりに、わたしは気づかなかったんだろう?

売買契約を終えてから、カーテンやテーブルのサイズを測りに来たり、ハウスクリーニングや引っ越しの見積もり時に立ち会ったりもしたのに――。

11の文字は、縫い合わせることができない穴ぼこのように、目の前に在った。

地鳴りと空気の振動とカタカタカタカタという窓硝子の音が聞こえてくる。来た! 大きい! と、両手をついて四つん這いになったけれど、信じられないぐらい長い揺れで、家ごと崩れてしまいそうだったから裸足で外に飛び出した――。

時間が、あの瞬間に急降下していくのを感じて、わたしは自分の中の平衡《へいこう》な部分を探して脚を踏ん張った。

「まだ、なんかあるかも」

よその家に自分の声が響いた。この家の中に声を発する口が一つしかないということが、怖かった。声を出してはいけない。独り言を言ってはいけない。わたしの声を聞くのは、わたしの耳しかないのだから――。

わたしは、棚という棚を覗き、引き出しという引き出しを開けていった。

洗面化粧台のキャビネットを開けると、奥に石があるのを見つけてしまった。

大きな川の河川敷にあるような丸いすべすべした鳩色の石で、ちょうど手の平に載る大きさだった。

油性マジックで文字が書いてあった。

今年もあと一ヵ月で終わる。

幸せに暮らせて、うれしい。

２００８年　朔風払葉

銀行での契約の時に、「なんだか複雑……長年暮らした家を……」と言っていた白髪の細面の母親の顔が浮かんだ。

小石を窓辺に置くと、今度は母の死に顔が浮かんだ。

わたしは、3月11日の紙をめくって、一枚一枚ていねいに切り取っていった。

日めくりは薄くなり、七年前の今日の日付になった。

1

木曜

12月　師走

冬来りなば春遠からじ

わたしは泣いた。

母の死後、いや、二〇一一年三月十一日以降、はじめて流す涙だった。

大雪《たいせつ》

本格的に雪が降り出す頃。

堀江敏幸

熊蟄穴《くまあなにこもる》

熊が穴に入って
冬ごもりする候。

十二月十二日から十六日頃。

❖閉塞成冬《そらさむくふゆとなる》
真冬が
訪れる候。
十二月七日から
十一日頃。

❖鱖魚群《さけむらがる》
鮭が群れなして
川を遡る候。
十二月十七日から
二十一日頃。

堀江敏幸

ほりえ・としゆき

一九六四年岐阜県生まれ。
一九九九年『おぱらばん』で三島由紀夫賞、
二〇〇一年「熊の敷石」で芥川賞、
二〇〇三年「スタンス・ドット」で川端康成文学賞、
二〇〇四年同作収録の『雪沼とその周辺』で
木山捷平文学賞、谷崎潤一郎賞、
二〇〇六年『河岸忘日抄』で読売文学賞 小説賞、
二〇一〇年『正弦曲線』で読売文学賞 随筆・紀行賞、
二〇一二年『なずな』で伊藤整文学賞、
二〇一六年『その姿の消し方』で野間文芸賞を受賞。
ほか受賞多数。

いつものように砂利を敷いた私道に車を入れようとしたら、白い軽トラックとかなり大きな黒のワゴン車が駐《と》まっていて驚いた。私道は母屋と納屋がハの字にならんだ、その内側の庭に通じている。あいだをじゅうぶんにあけてこちらに後部を向けている二台の車の、さらにまた左の小屋に金太郎がつながれていた。昼時にはあまりないことだ。車から降りて目があうと後ろ脚で立ちあがり、鎖が伸びきるくらい前方に体重をあずけて、両の前脚で万歳しながら迎え入れてくれる。しゃがみこんで首まわりを撫でてやるのがおきまりの挨拶なのだが、おろしたてのワイシャツを汚さないようちょっと腰の引けた感じになってしまう。また遊んでやるから。そう言って玄関に向かおうとした私のズボンの尻を、金太郎は離れ際にもうひと伸びさせた前脚で引っ掻《か》いた。この柴犬とも長いつきあいだ。頭を軽くぽんと叩いて広い土間に入ると、迎えに出てきたしづ子さんが、いらっしゃい、どうぞ、今日はお客さんがいてご機嫌なんですよと先へ促す。靴を脱いで板の間に上がった私の背中に、あらあら、と声がかかった。

「どこかに寄りかかりました？　泥がついてますよズボンに」

身体をよじってみると、ベルトの少し下あたりに茶色っぽい筋がある。

「金太郎だな」

「立ちあがったんですか？」

なにを問われたのか、すぐにわからなかった。この一週間ほどのうちに急に衰えて、朝の散歩を終えたあとは、じっと坐っているか横たわっているかのどちらかだという。散歩と言っても、庭を歩きまわる飼い主にあわせてるだけですけれど、としづ子さんはまだ艶《つや》のある声で笑った。ひんやりした廊下と控えの間を抜け、天井の高い大広間に入ったとたん、中央の座卓を囲んだ男たちが一斉に反応した。噂をすればだ。じつにおみごと。まったくなあ。茶色い半纏《はんてん》を着て座椅子にちょこんと坐った彦治郎さんが、少し麻痺の残る顔いっぱいに、元気そうな笑みを浮かべた。

「途中で寄ると連絡があったとき、ぜったい昼時に来るぞと予言しておったんだ。腹減ってるだろう」

言われて、座卓の上にあるものに気づいた。祭事で使うような寿司桶に、何度かごちそうになったことのある山菜たっぷりのちらし寿司が盛られている。腹が鳴りそうになった。タケノコとわらびと椎茸、それからにんじん、絹さや、錦糸卵。徳利と猪口《ちょこ》も出ていた。まるでこちらを待っていたかのように、座布団がひとつ空いていた。汚れが見えないよう腰の下に両手を当てながら、ゆっくりあぐらになる。

「もしかすると、いや、たぶん、といった感じで、手をつけずに待ってたんだよ。計算して来てるんじゃないの」

　木野塚さんが軽く赤らんだ顔で私を茶化す。日のあるうちに会うのは久しぶりとあって、なんだか知らない人のように見える。むかしから立派な若白髪で、こいつをつないだ糸で上品なヤマメを釣ったなどと法螺《ほら》を吹いていた人も、いつのまにか年相応の白髪になってい る。全体の嵩《かさ》も縮んでいた。ヤマメに上品なものとそうでないものがあるという話は彼の十八番だとあとから教えられたのだが、大まじめな語り口をそのまま拝借して記事にさせてもらったのは何年前のことになるだろうか。世話好きで、宴席では鍋でなくても奉行役を買って出る。いつもいっぱいに手を伸ばしてあれこれ世話を焼くので、利き腕の右のほうが長くなったというのも繰り返し聞かされる冗談のひとつだった。大食らいの私が、舌にも歯が生えていると笑われるのと似たようなものかもしれない。ぐいと伸ばした腕の先のしゃもじで、木野塚さんは小皿にちらしをよそって差し出した。

「ほい。食いなよ。内緒だけど、この半分くらいの寿司桶がまだあるらしいぞ」

　自分でやりますなどと言わないのが、彼の前では礼儀になる。はじめてのときはそれで気分を害してしまったのだ。そんなつもりはなかったんですがと言い訳しながら、私はもう我慢できずに箸を持っていた。しづ子さんが熱い味噌汁を盆にのせて運んできてくれる。白い味噌の表面にぶくぶくと泡が吹いている。

「特別サービスだ」

彦治郎さんが声を張る。以前のようにひとつ言うとふたつも三つも答えが返ってくることはなくなったのだが、体調がいい日は反応もいい。ただ、声量の調整がうまくいかないらしく、最初の一声が途方もなく大きくなったり、聞こえないくらいのつぶやきになることがあった。味噌汁には、納屋の横の金網小屋で飼っている鶏の卵が落としてある。はじめてこれを出されたとき、ポーチドエッグですねとしづ子さんに言ったら、母親がこうしていたので小さい頃から食べ慣れてますけれど、そんな難しい言い方があるんですかと逆に感心されたものだった。味噌は自家製、卵は庭直送、具の山菜は裏山産、水は井戸水だからおいしいという理由にはならないのだが、とにかく私の好物なのである。

「ちらしにも卵使ってるけど、いいわよね、菱山さん、お好きだから」

もう椀を手にして啜りはじめていた。みなが笑った。彦治郎さんはスプーンを使っている。白い前掛けがとてもよく似合って、愛嬌のある好々爺《こうこうや》というか、笑顔のお地蔵様のようだ。

「絶対来るとわかってたら、例の写真持ってきたのに。今度渡すよ」

加納さんが残念そうに言う。加納さんは彦治郎さんの息子と中学の同級生だった人で、よろず屋をかねた酒屋なのだが、プロパンガスと灯油も扱っていて、今日はボンベの取り替えに来るついでに来年の祭りの話をすることになっていたらしい。糸白《いとしろ》の祭りを復活させる会の長で、ふだんは穏やかなのに、納得のいかないことがあると人目もはばからず爆発する。祭りの件で取材させてもらった日も、取引業者のミスで届かない品があって、何度も念押ししたろ、間に合うと言ったのはあんただろ、夜中でもいいからもって来いと、電話口で怒鳴り散らしていた。

その爆発力をしばしば有効に活用して、加納さんは祖父の代で途絶えていた地元の祭りをよみがえらせようと奔走し、ミスター・ボンベと陰口をたたかれても挫《くじ》けることなく、五年がかりで計画を実らせた。年の瀬の、糸白の空が何十年も打ち直していない綿布団の中身みたいな色に閉ざされ塞がれて雪に成る頃、明神山《みょうじんやま》の木で組んだ神輿をかついで旧街道沿いの宅地を練り歩く。実施に当たっての注意点と細部の確認を、『糸白風土記』の著者八津彦治郎に相談し、復興のためのパンフレットに載せる文章も頼んだというわけである。木訥《ぼくとつ》だが故郷への愛に満ちた言葉で綴られているこの本の続編が、ながい準備期間を経てようやく日の目を見ようとしていた矢先に、彦治郎さんは倒れた。しばらくは気の抜けない状態がつづいた。入院中、一日だけ息子さん夫婦が見舞いに来たものの、幸い大事には至らず、身体が不自由になることもなさそうだと分かると、国外勤務が決まって出立が近づいているとの理由ですぐに帰ってしまった。結局、ふだん付き合いのある知友が支えて今日まできている。

「木野塚はさびしがりだから、なにかかにか言い訳をつくって、しょっちゅうやってくる、米持ってな。これじゃ年貢どころか週貢だ、どんと一俵まとめてくれりゃいいものを」

彦治郎さんだけでなくしづ子さんの身体も心配して、忙しい中、せっせと手伝いにきてくれる木野塚さんに礼を言うのが照れくさいのだろう、たいていそんな悪態をつく。ただし、自分がつくっていた米よりもはるかにうまいと褒めるのは忘れなかった。社のある伊都川市近辺の農家が自分たちのためだけにこしらえている米とちがって、木野塚さんの米は粒が揃っている。等級を下げてしまうと収入が一気に下がるのだ。ミスター・ボンベこと加納さんは、トラックの荷台に余裕があると、木野塚さんの米も運んでいる。積み荷を空にしない合理主義者であることでも加納さんは有名だった。

あっというまにひと皿平らげた私に、おれらはあんまり食えないから、好きなだけ腹に入れてくれと、自分がこしらえたような顔で加納さんは言う。木野塚さんが嬉しそうに私の皿を取り、最初よりも多い量を補給した。

「箸じゃ追いつかんだろ、匙《さじ》、持ってきてやれ」

彦治郎さんは自分が握りしめているスプーンをしづ子さんに向かって少しあげて見せた。

「いや、箸で十分です、どんどん食べてますから」

「遠慮せんでいい。このあいだも匙で食ってたろう」

印刷所から出たばかりの再校を届けた日、中途半端な午後の時間だったが、昼を食べていないと知ったしづ子さんが、年寄りふたりで、ひとりがこんなですから、ご飯があまるんですよ、と炒飯をつくってくれたのである。それを、スプーンでがつがつ食べたのだ。

しかしちらし寿司となるとわけがちがう。箸でなければ食べた気がしない。ありがたみも減る。なんとか断って、そのまま腹いっぱい食べた。木野塚さんは三度よそったあと、お茶の葉を入れ替えてくれたしづ子さんに、残りはタッパに詰めてあげてよと息子みたいな口調で言う。実際、彦治郎さん夫婦は、なかなか寄りつかない自分たちの息子よりも、ちょくちょく顔を出してくれる木野塚さんのほうを大事に思っているように見えた。

急に身体の動きが鈍くなった瞬間のことを、彦治郎さんはおもしろい表現で説明した。はっきりしていた景色が急に濁って見えなくなったというより、もともと鈍かった頭の海のなかで唯一しっかりしていた意識の突堤が、荒波と強風にやられてごっそり根元から切り離され、そのまま沖に流されてしまったみたいだと、まことに詩的な言い方をしたのである。

山で育った人が、生死にかかわる瞬間について、なぜ海の譬喩《ひゆ》を使ったのか不思議でならなかったのだが、じつはこのあたりの記憶は混濁していて、ほんとうにそう思ったのかどうか判然としないらしい。

病室でそんな話をした直後、半睡のまなざしでしづ子さんを見て、彦治郎さんは、かんのうって、なんだ、といきなり問うた。しづ子さんは、ちょっと恥ずかしいけれど、わたしは官能という漢字を思い浮かべたんですと笑い、木野塚さんは、勉強ができなくてふてくされていた子どもの頃に、よく親父に肝脳を絞って考えろと言われていた肝と脳の肝脳だと考えた。ちらし寿司に夢中になっているうち、座卓のまわりではその話になっていた。

「だってさ、病院だよ、脳外科だよ、脳にかかわる話だと想像するでしょ」

「脳はわかる。肝は、じゃあ、どこに関係するんだ」

加納さんが意地悪そうな笑みを浮かべて問いかける。表情で、これが幾度か繰り返されたやりとりだと察しがついた。

「脳か肝か、ひとつ当たればいいんだよ。そこがこの話の肝でしょ」

そもそも彦治郎さんには、問題の言葉を発した覚えがない。肝脳を絞るなんて言いまわしも使ったことがない、せいぜい、ない知恵を絞るくらいのものだ。回診に来た主治医の口から「かんのう」という言葉が漏れたので、しづ子さんは思い切って医師に尋ねた。間の脳、と書きます、とりわけ大事な部位ですよ、嗅覚以外はぜんぶ間脳が係わっていますからねとの答えを聞いて、ようやく理解できたのだが、彦治郎さんから見て正解かどうかはついにはっきりしなかった。

「存外、あたしの意見が正しいかも」

しづ子さんが一連の流れから、彦治郎さんをやさしく睨んで落ちをつける。話の肝より彦治郎さんの官能のほうが、ふだんの夫婦仲と会話のリズムと内容をずっとよくあらわしていると私も思う。

今日、彦治郎さんのところに立ち寄ったのは、もちろんちらし寿司をごちそうになるためではなく、祭りの復活の件でもなく、最近この一帯で目撃情報が増えている熊のことを確かめたかったからである。『糸白風土記』には人を化かすとされる動物についていろんな逸話が残されているのだが、熊の話は収められていないし、彦治郎さんが熊に言及したことはこれまでなかった。しかし昨年あたりから、山菜採りのために山に入った人が熊に出くわしたという報告が増えてきたのである。取材した猟友会の人たちは、ひところまでたしかに熊はいたと証言してくれた。先日、加納さんの知人が、離れたところから熊の写真を撮った。それをあんたに提供する、日報で使ってもいいと申し出てくれていたのである。スプーンでゆっくりちらしを口に運んでいる彦治郎さんに、私はあらためて質問した。

「むかしは、いた。居付きのじゃない。よそから渡ってきたものだな、あれは。長老たちはそう言っていた。図体がとびぬけて立派なのは、たいてい外から入ってきたやつだ。実際に見たのは一回だけ。茸取りの途中だった。子ども時分の話だ」

「撃つ人はいたんですか」

「いたさ。べつに迷惑していたわけじゃない。食うためもあった。穴掘って土の中に入るまえは、あんたみたいにがつがつ食う。太って、毛並みも色つやもいい。それが春先に、穴から出てくると、元気もなくして、精進落としみたいな顔になってる。そこをどんとやる。脳はとらんが、肝はとる」

「待ち伏せるんだよ」と加納さんがなんだか勢いを得て付け加えた。「どこに穴があるか、鉄砲撃ちは把握してるから。臭うらしいんだ、穴が」

彦治郎さんがうなずいた。

「穴は、空っぽのほうが多い。たしか、あんたには話したことがあるぞ。食い過ぎて忘れたか。穴から出たところを狙われたら、記憶が残る。もう他の熊はぜったい近寄らない。何年も空のままだ。そういう穴が、いくつかあったと聞いている」

いろいろな臭いが染みこんでいるのだろう。血なまぐさい情景も、恐怖の記憶も、動物たちは説明ぬきで、命の申し送り事項として共有している。穴は近づくことのできない危険区域として存在し、他の動物たちの避難所にもならない。彦治郎さんがずっと集めてきた地域の歴史や逸話も、ある意味、労力をかけてこしらえた冬眠用の穴にしまっておこうとしてはじかれたものだったかもしれない。加納さんが復活させようとしている祭りは、逆に、禁断の穴のなかに投げ込まれて、人が触れないようにしてきたものだったのではないか。それを掘り出した以上、自分にもなにがしかの臭いが付着して、気づかないうちにべつの生きものを遠ざけるような言葉を身にまとってしまうこともありうる。手帳を出して三人のやりとりをメモしながら、熊の穴がどのあたりにあったのか、地図を見せておおよその辺りに印をつけてもらった。そのうちのひとつは、木野塚さんとではなく釣り名人と瀬を遡《さかのぼ》った川の上流、ほとんど水源に近いあたりにあった。雪が残っているうちは、素人にはたどりつけない場所だが、いまの季節であればなんとかなる。案内を乞うて行ってみよう、と思った。彦治郎さんの本のためでもあるけれど、穴があって、空っぽで、臭いが消えていたら、皮膚がはち切れるくらい腹一杯の弁当を食べて、そこに身を横たえてみたい気もする。来年の末、寒い季節の祭りのあいだ、熊になってうとうとするのだ。

ふと顔をあげると、正面で彦治郎さんが首をかくんかくんさせ、匙を櫂にして船をこいでいた。いまのいままで元気に喋っていたのに、どうしたことか。加納さんはさらにできあがりに近い顔色でうとうとと波打ち、木野塚さんは座禅をするように背筋を伸ばして坐ったまま目を閉じている。庭のほうから金太郎の鳴き声がかすかに聞こえる。吠えるのではなく、呼んでいる。帰りに触ってやろう。泥をつけられないよう、少し距離をとって、慎重に。あらあら、としづ子さんの声がつづく。こんなズボンで町役場に行って、彦治郎さんの本のために調べものをしなければならない。ついでに熊の資料があるかどうかも尋ねてみなければ。ある時期以後、祭りが途絶えた理由も。昼時を狙ってきたわけではないんですともう一度弁明をし、ではそろそろお暇しますと言おうとするのだが、身体がなぜか動かない。すっきりしたちらし寿司だったのに、まるで獣の肉の鍋をたらふく食べたかのように、皮膚から非道の臭いがしみ出てくる。居付きの熊を、渡りの熊の自分が追い払った気さえする。腕が、脚がちりちりして、一瞬、ミスター・ボンベどころの騒ぎではない爆発を起こしそうな圧を感じた。

「彦治郎さん」

箸じゃ、追いつかんだろ。

「木野塚さん」

脳か肝か、ひとつ当たればいいんだよ。

「加納さん」

返事があったような気がする。いや、なかったのか。返事がないのではなく、満腹になったこちらが眠り掛けているのだ。かんのう、しゃしん、という音がする。まいったねこれは。そっとしといてやんなよ。大丈夫かしら。頭のなかでみんなの声がして、それがいつしかほつれ、遠のき、私はもうまぶたを開けていられそうもないことを悟りはじめていた。

輪のようにめぐる季節のさなかで

——二十四節気七十二候について

白井明大

白井明大

しらい・あけひろ

一九七〇年東京都生まれ。
詩人。
著書に『日本の七十二候を楽しむ―旧暦のある暮らし―』、
詩集『心を縫う』『くさまくら』『歌』、
エッセイ『希望はいつも当たり前の言葉で語られる』など。
二〇一六年『生きようと生きるほうへ』で
丸山豊記念現代詩賞を受賞。

はたして時というのは、過去から現在、未来へと一方向に伸びる直線でしかないのでしょうか。それとも春、夏、秋、冬、そしてまた春、というように、季節が移ろいながら折り重なる、途切れのない輪でもあるのでしょうか。

つい毎日せわしなく、急《せ》き立てられて過ごすあまり、現代に生きる私たちの時間感覚は、一分一秒を惜しむ反面、一日でも一年でもあっという間に流れ去っていくほど儚いもののように思われます。そんな日々の中で、ふと十五夜や紅葉、初雪などが目に映り、ひとつの季節の前に佇むとき、慌ただしくざわめいていた気持ちがすっと静まり、いまこの一瞬が心に焼きつけられるような充ち足りた時間感覚に包まれることがあります。

日の出と日の入りをくりかえす太陽の周期（地球の自転周期）のもとで一日を暮らし、満ちては欠ける月の周期によって一ヵ月を覚え、夏至から秋分、冬至、春分と昼夜の長さが移り変わる太陽のもうひとつの周期（地球の公転周期）によって一年を数えて、人間は暦というものを作りました。ですから私たちの時間感覚の大きな枠組となっている暦は、輪のようにめぐる天体の法則に基づいて生まれたといえます。

六世紀頃に大陸から伝わり、改暦を重ねながら明治の初めまで用いられてきた旧暦には、春夏秋冬の四季にとどまらず一年を二十四等分した二十四節気や、さらにこまやかに七十二等分（二十四節気を三等分）した七十二候という季節までが織り込まれています。

たとえば二十四節気には、大暑や立秋、大寒といった、気候の節目を表わす季節に加え、穀雨《こくう》や白露《はくろ》、霜降《そうこう》など、時節の表情を捉えた季節がちりばめられます。七十二候のほうは「菖蒲華さく」（「菖蒲華《あやめはなさく》」）、「燕去る」（「玄鳥去《つばめさる》」）など、花や鳥、虫、獣、あるいは風や空模様などが季節の呼び名に採り入れられています。

今日という日を、単に日付の数字だけでなく、天候のようすや動植物の姿を言い表わした季節の名前で呼ぶ旧暦は、私たちが自然と結びついた存在であることを思い出させ、循環する時の中に生きる充ち足りた時間感覚を取り戻す契機ともなるように思います。

一年でもっとも昼が長く、夜が短くなる夏至は、北欧などでは夏至祭が行われる大きな節目の時です。日本では田植えに麦の収穫にと忙しい時期であるせいか、夏至を祝う全国的な行事はないものの、七十二候を見てみると、暑さや疲労に備えるように、薬草となる夏枯草《かこそう》の旬を告げる候（「乃東枯《なつかれくさかるる》」p.7）が置かれています。

次いで小暑になると、暑中に入ります。梅雨明けの南風が吹きはじめ、鷹の雛が飛び方を覚えていきます（「鷹乃学習《たかすなわちがくしゅうす》」p.25）。続く大暑は、夏のいちばん暑い盛り。もくもくと入道雲が湧き起こり、夕立になることもしばしばです（「大雨時行《たいうときどきふる》」p.45）。

八月上旬には立秋が訪れ、暦の上では秋へと変わります。ひぐらしが鳴き、深い霧が立ち込める候（「蒙霧升降《ふかききりまとう》」p.73）とされます。八月も半ばを過ぎ、しだいに暑さがやわらいでくる頃は、処暑といいます。綿の実を包む萼《がく》が開いて中から顔を出すのは、ふわふわのコットンの繊維です（「綿柎開《わたのはなしべひらく》」p.91）。

残暑の折にも朝晩涼しくなりはじめ、草に降りた露が白く光を浮かべる季節が白露です。晩春に渡ってきた燕が、そろそろ南へ帰る候（「玄鳥去」p.107）。秋分を迎え、稲がたわわに穂を垂らすと、いよいよ田から水を抜き、刈り入れに取りかかります（「水始涸《みずはじめてかるる》」p.121）。この時分には十五夜の月見がありますが、稲穂に見立てた薄《すすき》のしつらえには、豊作への願いが込められます。

秋の日は釣瓶《つるべ》落としという通り、晩秋の日暮れは早いもの。露が冷たく感じられる寒露の季節は、雁《かり》の群れが北から渡り来て、きりぎりすが家の戸口で鳴き出します（「蟋蟀在戸《きりぎりすとにあり》」p.139）。朝夕の冷え込みに霜が降りる霜降には、色づく紅葉に時雨《しぐれ》が降りかかり（「霎時施《こさめときどきふる》」p.153）、秋の終わりを告げます。

立冬の声を聞けば、地が凍るような寒さに身をふるわせつつも（「地始凍《ちはじめてこおる》」p.173）、ぽかぽかとした小春日和の陽だまりにほっとする日も訪れます。寒さが厳しさを増すほどに、北風が木々の葉を吹き払い（「朔風払葉《きたかぜこのはをはらう》」p.189）、雪がちらつく小雪の頃の情景は、まさに冬枯れそのものです。本格的に雪が降り出す大雪の季節ともなれば、熊は冬ごもりし（「熊蟄穴《くまあなにこもる》」p.211）、鮭は群れなして川を遡《さかのぼ》り、空には雪雲が立ち込めて、山も里もやがて銀世界に……。

秋や冬の語源にはさまざまな説がありますが、稲穂の実りに田が明るむから秋（明き）といい、収穫を終えた田畑に次の生命の気が蓄えられ、殖《ふ》えゆく時期だから冬（殖ゆ）というともいわれます。ひとつの物語が幕を閉じることは、もしかしたら新しい物語が芽吹くこととどこかでつながっているのかもしれません。冬の終わりが、春のはじまりでもあるように。私たちの生の時間が、めぐる季節の輪の中で息づいているように。

初出
「群像」二〇一八年七月号、
八月号、十月号、十一月号

掌篇歳時記《しょうへんさいじき》　秋冬《あきふゆ》

二〇一九年十月二十三日　第一刷発行

著者

西村賢太《にしむらけんた》　重松清《しげまつきよし》

町田康《まちだこう》　筒井康隆《つついやすたか》

長野《ながの》まゆみ　柴崎友香《しばさきともか》

山下澄人《やましたすみと》　川上弘美《かわかみひろみ》

藤野千夜《ふじのちや》　松浦寿輝《まつうらひさき》

柳美里《ゆうみり》　堀江敏幸《ほりえとしゆき》

発行者　渡瀬昌彦

発行所　株式会社講談社

東京都文京区音羽二-一二-二一

郵便番号一一二-八〇〇一

電話　出版　〇三-五三九五-三五〇四

販売　〇三-五三九五-五八一七

業務　〇三-五三九五-三六一五

印刷所　凸版印刷株式会社

製本所　株式会社若林製本工場

ISBN978-4-06-516920-9 N.D.C.913 234p 20cm

瀬戸内寂聴 ―― 麋角解《さわしかのつのおつる》

絲山秋子 ―― 雉始雊《きじはじめてなく》

伊坂幸太郎 ―― 鶏始乳《にわとりはじめてとやにつく》

花村萬月 ―― 東風解凍《とうふうこおりをとく》

村田沙耶香 ―― 土脉潤起《どみゃくうるおいおこる》

津村節子 ―― 桃始笑《ももはじめてわらう》

村田喜代子 ―― 雷乃発声《かみなりすなわちこえをはっす》

滝口悠生 ―― 虹始見《にじはじめてあらわる》

橋本 治 ―― 牡丹華《ぼたんはなさく》

長嶋 有 ―― 蛙始鳴《かわずはじめてなく》

高樹のぶ子 ―― 蚕起食桑《かいこおきてくわをはむ》

保坂和志 ―― 腐草為螢《ふそうほたるとなる》

記憶の盆をどり

町田 康

定価1700円 978-4-06-517089-2

犯人当てミステリー、背筋も凍るホラーサスペンス、異世界ファンタジー、お伽話の現代語訳、果ては美少年BLまで――。名手が演じる小説一人九役！著者8年ぶりの短編作品集。

人外《にんがい》

松浦寿輝

定価2300円 978-4-06-514724-5

「それ」は神か、けだものか。巨木の枝の股から滲みだし、現れた人外《にんがい》は、予知と記憶の間で引き裂かれながら、世界のへりをめぐる旅を続けていく。ゆくてに待ち受けるのは、いったい何か？

窓の外を見てください

片岡義男

定価1900円 978-4-06-516675-8

小説はどのように発生し、形になるのか。めぐり逢いから生まれる創造の過程を愉しく描く。瑞々しい感性を持つ80歳の「永遠の青年」片岡義男、4年ぶりの最新長篇。

掃除婦のための手引き書
ルシア・ベルリン作品集

ルシア・ベルリン 著

岸本佐知子 訳

定価2200円　978-4-06-511929-7

死後10年を経て「再発見」された「アメリカ文学界最後の秘密」、ルシア・ベルリンはじめての邦訳小説集。リディア・デイヴィス絶賛！　自身の人生に根ざして紡ぎ出された奇跡の文学。

ニムロッド

上田岳弘

定価1500円　978-4-06-514347-6

第百六十回芥川賞受賞！　あらゆるものが情報化する不穏な社会をどう生きるか？　仮想通貨の新規事業を任された僕と、小説家の夢に挫折した同僚の関係を描く、新時代の仮想通貨《ビットコイン》小説。

忘れない味
「食べる」をめぐる27篇

平松洋子 編著

定価1800円　978-4-06-515269-0

食べることは生きること。エッセイスト平松洋子が選んだ、小説、エッセイ、詩、俳句、漫画などよりぬきの27篇。「食」の面白さ・奥深さを探るアンソロジー。

◆ 表示価格は定価（税別）です。